바람둥이

바람둥이
Philanderer

조지 버나드 쇼 지음
조용재 옮김

도서출판 동인

역자의 글

노벨 문학상(1925) 수상자이자 영국, 나아가 세계의 20세기 전반기의 반세기에 걸쳐 연극계의 거물급 극작가였던 조지 버나드 쇼(George Bernard Shaw 1856-1950)는 약 63편에 달하는 방대한 작품을 썼지만, 이 중 다수의 작품들이 번역이 되지 않아 국내의 많은 독자들이 그의 걸작들을 접하기가 힘든 현실이다.

따라서 쇼의 작품에 관심이 있는 독자들을 위해서, 그의 작품을 번역하여 소개하는 일은 영문학도의 책무이자 보람이 아닐까 한다. 이 작품이 독자들에게 인생의 길동무가 되고, 나아가 무대에 올려져 관객들에게 잔잔한 감동과 삶의 지혜를 줄 수 있기를 염원한다.

이 책의 문학적 표현을 위해서 애써주신 주변의 여러분들과, 기꺼이 출판을 맡아주신 도서출판 동인의 이성모 사장님께 깊은 감사를 드린다.

2010년 8월

신용서실에서

역자

바람둥이

/ 차 / 례 /

Philanderer

작가 소개

　　조지 버나드 쇼는 1856년 아일랜드의 더블린에서 영락한 가정의 3남매 중 막둥이이자 외아들로 태어났으며, 1925년에는 노벨 문학상을 수상한 세계적인 극작가이다. 그의 생애는 거의 1세기에 달한다. 19세기 후반에서 20세기 초반에 이르는 반세기 동안 영국 드라마에서 가장 위대한 존재였다. 1892년 빈민굴에서 살찌는 중산계급의 실태를 폭로한『홀아비의 집』으로 영국 근대극을 확립한 그는 이로부터 반세기 이상의 세월을 연극에 종사하면서 영국 연극사상 가장 오랜 기간 동안 가장 많은 작품을 내놓음으로써 현대의 가장 중요한 극작가로서의 자리를 굳히는데 성공하였다. 그는 미완성 작품을 포함한 장막극과 단막극을 합쳐 무려 63편의 방대한 희곡을 썼으며 그 재담이 지닌 신선미와 활기는 오늘날 아무도 따르지 못하고 있다. 그는 작품 외에도 비평가로서「입센주의의 진수」를 내어 영국에서의 입센의 이해와 영향에 커다란 공헌을 하였으며 또한 그가 1895년에서 1898년까지「토요 평론」의 드라마 비평가로서 매주 투고한 기사를 모아 1931년에 낸「90년대의 우리의 극장」은 당시의 연극에 대한 가장 훌륭한 비평으로 꼽히고 있다.

　　쇼의 작품의 기조는 바로 지성과 반란이라 하겠다. 그는 감상적이거나 낭만적인 것은 그릇된 것으로 배격하고, 이성의 명령에 반대되는 것은 용납하지 않았으며, 지각없는 대중의 우상을 파괴하였다. 그의 사회주의는 사회의 낙오자에 동정이나 하는 감상적인 것이 아니라, 인간이 삶을 영위하면서 저지르는 수 많은 어리석은 행위들을, 사회적 상황을 뒤바꿔 놓음으로써 치유해 보자는 노력이었다. 그는 사회의 뒷면을 그리면서 언제나 그 속에 내포된 우화나 교훈을 드러내 보여주었다. 그는 문학, 예술, 의학, 종교, 정치, 인종차별, 사회적 기준 등 모든 것을 그의 신랄한 붓으로 비판하였다. 그는 현대의 가장 위대한 악의 파괴자이며, 그러한 파괴를 통하여 우리를 보다 새롭고 건설적인 사상으로 인도하려 하였다.

쇼는 정확한 풍자를 무기로 재치와 재간과 역설을 좋아하던 당시의 관중을 매혹시켰다. 그는 타협과 관용을 몰랐으며 그의 붓은 가차 없었고 치명적인 상처를 입혔다. 그도 대부분의 풍자 작가들처럼 처음에는 다소간의 정상적인 현실 세계에서 차츰 환상의 세계로 이동하였다. 그의 풍자적인 맥은 『바람둥이』(1892)에서 시작하여, 영웅의 정체를 그린 『전쟁과 영웅』(1894), 『운명의 사람』(1895), 『악마의 제자』(1897), 『시저와 클레오파트라』(1898); 매춘문제를 다룬 『워렌부인의 직업』(1893년 작, 1902초연); 결혼문제를 다룬 『캔디다』(1894); 반전(反戰) 사상, 자본주의 경제구조와 종교 문제를 다룬 『바바라 소령』(1905); 정치문제를 다룬 『존 불의 다른 섬』(1904), 『실연의 집』(1913-1916년 작, 1920초연), 『사과 마차』(1929); 정치와 종교를 다룬 『앤드로니클레스와 사자(獅子)』(1913), 『성녀(聖女) 조안』(1923) 등이 있으며, 『성녀 조안』은 사극으로서 무대극으로서 최고의 작품이다. 그는 세속의 상식을 깨뜨리고 속설(俗說)을 찔러 문제를 제기하였다. 그의 철학이 가장 잘 나타난 『인간과 초인』(1903)에서 인간은 '생명력'(Life Force)을 통해 '창조적 진화'(Creative Evolution)를 해야 한다고 주장하였다. 이러한 사상은 『므두셀라로 돌아가라』(1921)에서도 나타나고 있다. 그의 작품은 사람들로 하여금 깊은 생각에 잠기게 하며, 날카로운 희극적 감각이 넘치는 기지(機智)가 번뜩이고 있다.

쇼의 작품에 나타난 중요한 주제는 사회주의 사상과 창조적 진화 사상으로 대분(大分)할 수 있다. 그는 '새로운 드라마'(New Drama)를 주창하였다. 그는 극장이 법이나 교회만큼 중요한 기구이고, 거짓된 이상주의와 낭만적 인습을 폭로하여 '생명력'을 통한 사회와 인간의 개량을 선도하는 촉매제 역할을 해야 한다고 믿었다. 그의 두드러진 특징은 그의 작가로서의 투철한 통찰력이라 하겠다. 그는 결코 중도에서 그만둠과 두려움 없이 끝까지 파헤치기를 좋아했다. 그의 작품의 바탕을 이루는 중요한 요소는 바로 이 뿌리까지 파고들어 그 원인을 찾아내는 과감한 투시력이라 하겠다. 시들은 잎이나 따주고 소독약이나 뿌려 주는 것으로 끝나는 것이 아니라 그는 옮겨 심거나 흙을 바꿔 주기를 원하는 것이다. 그는 신랄한 발언으로 짜여진 새로운 극적 대사를 만들어 냈을 뿐 아니라 성격묘사에도 새로운 원칙을 제공하였다. 그는 이성의 지시에 따라 성격을 묘사하는 방법을 보여 주었다. 마음이 약하고 수줍은 여주인공 대신에 지적이고 대담한 여인을, 강력한 주인공 대신에 힘이 없고 의지도 약한 자를, 환상적이고 모범적인 성직자 대신에 군복과 장화가 더 어울리는 목사를, 있을 법하지도 않은 악당 대신에 스스로 사교계의 앞잡이를 그려냈다. 또한 그는 환상과 현실을 융합시키는 것을 비롯한 새로운 연극적 방법들을 실험하고 제시하였다. 특히 그는 그의 작품 속에서 연극적 본질을 손상하지 않고 무대지시나 서문을 통해 문학성을 살려냈다. 그는 이른바 문학적 드라마를 재건하였다. 그의 많은 작품은 영국은 물론이고 세계 극장의 항구적인 보고(寶庫)가 되고 있다.

작품 해설

  쇼의 『바람둥이』에 나타난 핵심 주제는 먼저, '여성답지 않은 여성'(unwomanly woman) 즉 '신여성'(new woman)이라고 볼 수 있다. 그는 생명을 창조하는 데 있어서 여성의 기능이 남성보다 더 위대하고 중요하다고 생각하여 여성에게 큰 관심을 경주하는 동시에, 여성의 지위 향상을 위해 고심하였다. 따라서 쇼의 관점에서 볼 때 불합리한 전통과 관습은 인류 발전을 저해하는 가장 큰 장애물이었다. 이처럼 진보적인 쇼는 억압을 받아온 여성의 편에 서서 약자들을 옹호하였으며, 작품 속에서 전통과 관습에서 탈피, 자신의 의지에 따라 사는 여성을 보여줌으로써 여성의 위상 제고에 크게 기여하였다.

  쇼의 작품 속에 등장하는 여성들은 그의 상상 공간 속에서 자신들의 성스러운 과업을 자각하고 있다. 그리고 여성인물들은 인습과 교육이 재단해준 의상 아래서 항상 변화하는 모험의 세계에 도전하는 적극적 인물들이다. 그의 작품 속에 여성들은 두 가지 부류로 나눌 수 있다. 하나는 빅토리아 시대의 가치관에 순응하는, 즉 가정 밖의 문제는 해결능력이 거의 없는 여성이다. 다른 하나는 실제의 여성보다 더 과장된, 지나치게 자신만만하고 당당하며 거칠고 아름다우며 지적인 인물로, 현실감은 부족하지만 남성적인 특성이 두드러지는 새로운 유형의 여성이다.

  쇼는 이와 같이 빅토리아 시대 여성의 일반적인 성격인 '여성다운 여성'과는 상치되는 '신여성'을 창조하여 그의 독창적인 여성관을 제시했다. 신여성은 여성에 관한 관례적인 것을 거부하고 남성들이 정해놓은 여성으로서의 행동규약을 따르기를 거부한다. 그들은 법적으로나 지적으로 사회적으로 열등한 위치에 있는 것을 거부한다. 이와 같은 신여성들은 가족의 이상, 의무감, 자기희생에 반대하는 주장을 한다. 이러한 신여성들은 대변혁을 상징하고 성의 영역을 분해하며 어머니다운 여성이라는 개념을 완전히 부정한다.

쇼의 작품 속에 묘사된 '신여성'은 언제나 작품의 중심에 서서 창조적이고 불요불굴의 힘으로 조화를 이루어 나가는 인물이다. 그러한 신여성은 종래의 여성과는 다른 사회적 지위와 창조력을 가진 것이 특징이므로 기존 사회의 질서와 필연적으로 갈등을 겪게 되나, 이는 파괴나 부정을 위한 것이 아니라 언제나 더 좋은 세상을 전제로 한 창조적 진화를 위한 갈등이고, 바로 이 점에서 그의 신여성관은 '생명력' 사상과 밀접하게 연관된다. 쇼의 여성은 확고한 사회적 지위와 능력을 소유한 독립적 주체로서 힘찬 '생명력'을 가지고 창조적 진화 과정을 수행해 나감으로써 이상적인 사회를 이룩하는데 중심적 역할을 하고 나아가 인간과 사회의 각성과 구원을 주도하는 새로운 여성이다. 한 마디로 그의 작품 속에 나타난 여성의 역할은 사회제도의 모순과 부조리를 폭로하고 비판하는 그의 사상을 효과적으로 전달하는데 가장 필요한 대변자일 뿐만 아니라, 전통과 관습을 탈피하여 독립적이고 강한 의지를 지닌 활기찬 움직임으로 극을 주도하는 중요하고 핵심적인 역할을 한다.

이러한 내용은 『바람둥이』에서 차터리스의 첫째, "입센 클럽에 참가하고자 하는 사람들은, 그 참가자가 여성이면 여성답지 않고 남성이면 남성답지 않음을 보장하는 남성과 여성 양쪽의 추천이 있어야만 가입할 수 있습니다." 둘째, "여성스럽지 않은 여성들은 그들의 삶을 위해 일하고, 그들 스스로 자신을 보살피는 방법을 알기 때문에 아무런 문제도 일으키지 않습니다."의 대사와, 커스버트슨의 첫째, "흡연실은 항상 여성들로 붐비지." 둘째, "이 클럽에선 내가 맘 놓고 파이프 담배 한 대 즐길 곳이 없어. 항상 여자들이 드나들며 담배를 말곤 하지."의 대사, 그리고 줄리아의 첫째, "어떤 식으로든 여성이라고 돌봐주면 클럽 규칙에 어긋나는 것을 아시죠." 둘째, "선생님 [차터리스]는 그들이 여성이란 것에 결코 신경 쓰지 않는다는 거예요. 선생님은 그들에게 저나 다른 사람에게 말하는 것처럼 대하죠. 그게 선생님의 성공 비결이에요. 선생님은 그들이 성 때문에 대우 받는 걸 얼마나 불쾌하게 생각하는지를 알고 있지요."라는 대사에서 두드러지게 표출되고 있다.

쇼의 『바람둥이』에 나타난 핵심 주제는 다음으로, 작품의 제목이 되고 있는 "바람둥이"이다. 이러한 내용은 차터리스의 첫째, "그럼 내가 만난 여자 중에 절반이 날 좋아하게 되는 것은 누구의 잘못인가요? 내 잘못이 아니에요. 난 싫어요. 지루해서 딴 생각을 할 지경이죠. 처음엔 우쭐하기도 하고―즐겁기도 했지만―줄리아가 처음으로 과감하게 다가왔기 때문에 내가 사랑 고백을 하게 된 거죠. 그렇게 된 거에요. 그렇지만 곧 지겨워졌죠. 여자들이 날 따라다니며 귀찮게 한 것이지 내가 먼저 다가서서 여자들을 따라다닌 게 절대로 아니라오. 절대로." 둘째, "알다시피, 나는 전에 수도 없이 바람을 피웠고, 그리고는 그들과 헤어진 후 그녀 [줄리아]에게 돌아갔으니까요." 셋째, "이제 내 권리를 주장하겠어. 내가 원할 때 당신 [줄리아]와 헤어질 권리 말이야. 줄리아, 진보적 관점에는 진보적 의무가 있는 거야. 남자를 발밑에 두려고 하면 진보적 여성이 될 수 없어. 남자의 의지에 상관없이 그렇게 붙잡아 두는 건 인습에 빠진 여자들이나 하는 거야. 진보적인 사람들은 멋진 우정을 만들지. 인습에 빠진 사람들은 결혼을 하고. 결혼은 많은 사람들을 끌어들이고, 그 첫 번째 의무가 신의 이지. 우정은 일부 사람만이 알고, 그 첫 번째 도리는 상대의 마음이 변하면 그 걸 알아차려 주저 없이, 그리고 불평 없이 받아들이는 것이야."에서 확인할 수 있다.

소파 뒤쪽을 지나 문 쪽으로 가고 있다. 차터리스는 줄리아를 붙잡아 소파 쪽으로 가지 못하게 막는다. 그레이스는 나간다. 차터리스는 줄리아를 꽉 잡고 그레이스가 안전하게 밖으로 나갔는지 확인하기 위해 문 주위를 살핀다.

줄리아   [갑자기 힘을 빼고, 가장 애처로운 자존감을 가지고 말한다] 그렇게 세게 잡을 필요 없어요. [그는 그녀를 지나 소파 쪽으로 다가가 가장자리에 기대어서 헐떡이며 앞이마를 쓸어 넘긴다] 짐승같이 힘으로! 당신답군요! 그 여자 앞에서 나를 그렇게 망신을 주다니! [울음을 터뜨린다]

차터리스   [혼잣말로, 우울한 신념에 젖어] 즐거운 밤이 되려고 했는데. 이젠 인내다! 인내! 인내! [그는 둥근 테이블 근처의 의자에 앉는다]

줄리아   [괴로워서] 레오나드. 내 생각은 안 하는 건가요?

차터리스   당신을 여기서 안전하게 내 보내야겠다는 강한 생각뿐이야.

줄리아   [힘줘서] 꼼짝도 하지 않겠어요.

차터리스   [지친 듯] 그럼, 그럼. [긴 한숨을 내쉰다]

그들은 한동안 말없이 앉아 있다. 줄리아는 이성을 되찾으려 하기보다는 분노를 폭발 일보 직전 상황으로 유지하려 애쓴다.

줄리아   [갑자기 일어서며] 그 여자랑 이야기 좀 해야겠어요.

차터리스   [벌떡 일어서며] 안돼, 안 돼. 기다려, 줄리아. 또 다시 레슬링

시합 하지 말자고. 생각해 봐. 나는 나이가 40이 되어 가
는데 당신은 나에겐 너무 젊어. 앉으라고. 아니면 내가 집
으로 모셔다 드리지. 그녀의 아버지라도 들어오시면 어쩌
려고!

줄리아   그럼 어때요. 당신에게 달렸어요. 그녀가 당신을 포기하면
언제든 떠나지요. 그렇지 않으면 여기 있을 거예요. 그게
내 조건이에요. 그걸 해결해 주세요. [그녀는 단단히 결심한 듯
앉는다]

차터리스는 잠시 그녀를 바라본다. 그리고는, 결심을 하고 단호히 소파로 가서
가장자리 가까이에 앉는다. 그녀는 반대편 가장자리에 앉아 있다. 그리고 힘을
주어 강조해서 말한다.

차터리스   난 엄밀히 말해서 어떤 것도 해결할 이유가 없어.

줄리아   [따지며] 아무것도 없다고요! 나를 빤히 보고서 그런 말을
해요? 오, 레오나드!

차터리스   우리가 처음 만났을 때를 생각해 보자고, 줄리아. 처음에
당신은 진보적 관점을 가진 여성이었어.

줄리아   그래서 당신이 날 좀 더 존중해 주었었나요.

차터리스   [달래면서] 그랬지. 그런데 그게 중요한 게 아니야. 진보적
관점을 지닌 여성으로서 당신은 자유롭고자 했지. 당신은

결혼이란 여성이 자신을 남자에게 팔아서 아내라는 사회
적 지위와, 그의 수입으로부터 노후에 부양되어지고 연금
을 받을 권리를 얻고자 하는 모멸적인 흥정이라고 생각했
었지. 그게 바로 진보적 관점이고 우리의 관점이지. 더욱
이, 당신이 나와 결혼했더라면, 결국 내가 술고래에다 범
죄자, 바보, 그리고 당신에게 공포임이 입증되었을 거야.
그리고 당신은 벗어나지 못했을 테고. 당신도 알다시피 위
험이 너무 커. 이성적 관점, 즉 우리의 관점으로 볼 때 그
래. 따라서, 당신은 우리 관계가 서로 양립할 수 없을 땐
ㅡ당신은 그걸 뭐라고 했더라ㅡ인간으로서 훨씬 성숙해
져서, 언제든 떠날 수 있는 권리를 지닌 거야. 그게 입센주
의적인 관점, 우리의 관점이지. 그래서 나는 나에게 많은
교훈을 주고, 아주 특별한 행복을 선사해 준 매력적인 연
애에 만족해야 만 했어.

줄리아   레오나드. 그럼 당신은 내게 해결해 줘야 할 것이 있다는
걸 인정한 건가요?

차터리스   [거만하게] 아니야. 나는 내가 받은 것에 대한 대가를 지불했
어. 나한테 배운 게 아무것도 없나? 우리의 우정에서 아무
런 기쁨도 없었어?

줄리아   [강하게 그리고 감정에 호소하듯. 그녀는 지금 진지하다] 아뇨. 당신은
항상 모든 행복의 순간마다 내게 몹시 비싼 대가를 지불하

도록 했죠. 당신은 나에 대한 열정의 노예가 된 모욕감 때문에 나에 대한 보복을 했죠. 단 한 순간도 당신을 믿을 수가 없었어요. 당신에게서 편지가 올 때마다 내가 상처를 입을까봐 떨곤 했어요. 당신이 방문하는 걸 바라는 만큼이나 거의 많이 당신의 방문을 두려워했지요. 나는 당신의 노리개였지 당신의 동반자가 아니었다고요. [소리를 지르며 일어선다] 오, 내가 행복할 때 고통스러웠는데 그 행복이 고통에서 오는 것을 거의 몰랐어요. [그녀는 피아노 의자에 주저앉아서, 얼굴을 손에 묻고 그에게서 등을 돌리고 말한다] 당신을 만나지 말았어야 했는데!

차터리스   [분개하여 일어서며] 참 가련하구먼! 당신에게 그렇게 최선을 다했었는데 이게 그 감사의 대가란 말이야? 나도 당신에게 참은 거 많아. 천사처럼 참았다고. 당신과 만난 지 2주일이 채 되기 전에, 나는 당신의 그 모든 진보적 사고가, 그 말에 대한 이해나 의미도 모른 채, 여타의 유행처럼 그저 선택되고 따르는 유행에 불과하단 걸 알게 되었어. 당신 자신의 자유는 보살피면서 질투심에 불타는 마누라처럼 굴지 않았느냐 말야. 내가 만난 여자들 중에서 당신이, "늙었다," "못생겼다," "사악하다"는 둥 악담을 퍼붓지 않은 여자 친구가 하나라도 있어?

줄리아   [재빨리 올려다보며] 다 그렇잖아요.

차터리스   자, 그러면 심지어 당신도 이해할 만한 불만거리를 말해보
          리다. 당신의 그 습관적이고 참지 못하는 질투와 나쁜 성
          질 말이야. 엉뚱한 상상으로 날 모욕하고, 철저하게 두드
          리며, 내 편지를 훔쳐보고—

줄리아   그래요, 그 멋진 편지들!

차터리스   —다시는 안 그러겠다는 엄숙한 약속을 저버리고, 몇 시
          간씩—그래, 며칠씩 더 많은 편지들을 찾기 위해서 내 쓰
          레기통에서 조각들을 모아 짜 맞추며, 그리고 짐승 같은
          이기적인 남자로부터 무참히 배반당하고 버려진, 잘못된
          성자와 순교자 같은 모습을 드러내고.

줄리아   [일어서며] 당신 편지를 읽을 권리는 있죠. 서로의 완벽한 신
          뢰를 바탕으로.

차터리스   고맙구먼. 그럼 서둘러서 그 권리가 부여한 신뢰를 깨트려
          야지. [그는 소파에 샐쭉해서 앉는다]

줄리아   [다가서서 허리를 구부려 위협하듯] 그럴 권리는 없어요.

차터리스   있다고. 당신은 나랑 결혼하기를 거부했는데, 그건—

줄리아   그런 적 없어요. 당신이 결혼하자고 하지도 않았잖아요.
          우리가 결혼하면, 지금처럼 이리 무례하게 굴진 않았을 텐
          데.

차터리스   [그의 논지를 찾으려고 애쓰며] 우리가 결혼하면 안 된다는 건 진
          보적 관점을 가진 우리들로서는 이미 자명한 일이지. 왜냐

하면 뻔히, 나는 술꾼에다가, 또—

줄리아 —범죄자, 바보, 또는 끔찍한 인간이 되겠지요. 전에 그렇게 말했잖아요. [차터리스 옆에 풀썩 앉는다]

차터리스 [공손하게] 미안해. 말한 걸 또 말하는 습관이 있어서. 중요한 건 당신은 나를 포기할 자유가 있다는 거야.

줄리아 뭐라고요? 난 당신을 지금, 그리고 앞으로도 포기 안 해요. 당신은 술꾼도, 범죄자도 아니잖아요?

차터리스 아직 요점을 모르는군, 줄리아. 당신은 내가 엉뚱한 작자란 걸 알았을 때 떠날 수 있는 자유를 포기하면 안 되고, 나 역시도 당신이 나쁘게 나오면 떠날 자유가 있지 않겠어?

줄리아 정말 그럴 듯하군요. 그런데 *내가* 술꾼이나, 범죄자, 아니면 바보가 되기라도 했나요?

차터리스 그 세 가지를 합한 것 보다 더 나쁘지. 질투심에 불타는 자기고집대로 하려는 여자.

줄리아 [격렬히 머리를 흔들며] 그래요. 날 모욕하세요. 날 욕하세요.

차터리스 이제 내 권리를 주장하겠어. 내가 원할 때 당신과 헤어질 권리 말이야. 줄리아, 진보적 관점에는 진보적 의무가 있는 거야. 남자를 발밑에 두려고 하면 진보적 여성이 될 수 없어. 남자의 의지에 상관없이 그렇게 붙잡아 두는 건 인습에 빠진 여자들이나 하는 거야. 진보적인 사람들은 멋진

우정을 만들지. 인습에 빠진 사람들은 결혼을 하고. 결혼
은 많은 사람들을 끌어들이고, 그 첫 번째 의무가 신의이
지. 우정은 일부 사람만이 알고, 그 첫 번째 도리는 상대의
마음이 변하면 그걸 알아차려 주저 없이, 그리고 불평 없
이 받아들이는 것이야. 당신은 결혼 대신에 우정을 택했잖
아. 이제 당신의 의무를 다하고 받아들여야지.

줄리아 절대로 안 돼요. 우리는 어떤 견지―어떤 견지에서는 약
혼한 거나 다름없어요.

차터리스 그래, 줄리아? 그걸 말해 줄 수 없나? 진보적 여성이 믿지
않는 뭐 그런 견지 말이야?

줄리아 [그의 발밑에 쓰러지며] 오, 레오나드, 그렇게 잔인하게 굴지 마
세요. 나는 논쟁하거나 생각하는 것이 힘들어요. 당신을
사랑한다는 사실밖에는. 당신과 결혼을 안 하려고 한다고
나무라셨죠. 당신을 사랑하고 나서는 당신이 하자고만 했
다면 결혼했을 거예요. 당신이 원하면 지금이라도 결혼하
겠어요.

차터리스 결혼 안 할 거야. 단연코. 우리는 지적으로 안 맞아.

줄리아 하지만 왜죠? 우리는 행복할 수 있어요. 당신은 날 사랑해
요. 난 그걸 알아요. 느낄 수 있어요. 당신이 '내 소중한
줄리아'라고 말하죠. 오늘 밤 몇 번이나 말했어요. 내가 못
되게, 혐오스럽게, 나쁘게 굴었다는 걸 알아요. 변명은 않

겠어요. 하지만 내게 그렇게 심하게 대하지 마세요. 당신을 잃을까봐 혼돈스러웠어요. 당신 없는 삶은 상상할 수 없어요, 레오나드. 당신을 만났을 때 행복했어요. 다른 사람은 사랑해 본 적이 없어요. 나 혼자만 당신을 사랑하게 해 주었다면 만족해서 혼자서 갔을 거예요. 이젠 그렇게 못해요. 당신과 함께 있어야겠어요. 날 위태롭게 하지 않으려면 버리지 마세요. 당신만 좋다면 친구할 게요. 당신 계획만 말하면 당신의 일을 돕겠어요. 심심풀이 이상으로 대해 주세요. 오, 레오나드, 레오나드, 당신은 결코 기회를 주지 않는군요. 정말 한번도. 고통을 감수하겠어요. 책을 읽고, 생각도 하며, 질투심도 다스릴 게요. 그리고ー[그녀는 그의 무릎에 절망적으로 머리를 흔들고 몸을 뒤틀며 무너진다] 아, 내가 미쳤나봐. 내가 미쳤어. 당신이 날 버리면 난 죽을 거예요.

차터리스   [어루만지며] 소중한 사랑, 울지 마. 이런 식으로 하지 말고. 어쩔 수 없는 거 알지.

줄리아   [그가 일어서서 그녀를 부드럽게 세우자 흐느끼며] 아, 당신은 할 수 있어요, 할 수 있다고요. 한 마디만 하면 우린 영원히 행복해 질 거예요.

차터리스   [수완을 발휘하여] 자. 우린 정말 가야해. 커스버트슨 (Cuthbertson)이 올 때까지 여기 있을 순 없다고. [그녀를 살며시 놓고 테이블에서 그녀의 망토를 가져온다] 여기 당신 외투가 있으니, 어서 입고 얌전히 굴어. 당신은 오늘 저녁 나에게 너무 심했어. 내 생각도 좀 해야 할 게 아니야.

줄리아 [다시 위기의식을 느끼며] 그럼 난 버림받은 건가요?

차터리스 [구슬리며] 보닛을 써야지, 줄리아. [줄리아의 어깨 위로 외투를 걸친다]

줄리아 [웃음과 흐느낌이 섞인 처절한 말투로] 그럼, 하라는 대로 해야겠군요. [테이블로 가서, 토크 모자를 찾는다. 그녀는 노란색 표지로 된 프랑스 소설을 본다] 아, 이것 봐요! [그에게 건네며] 그 여자가 뭘 읽는지 보세요! 제대로 된 여자라면 손대지 않을 추하고 절대 용납할 수 없는 소설을. 그리고 당신－당신이 그 여자랑 함께 이 소설을 읽는 중 이었군요.

차터리스 내게 그 소설이 좋다고 한 건 당신이었어.

줄리아 피이! [바닥에 책을 내던진다]

차터리스 [걱정스럽게 책 있는 곳으로 달려가며] 남의 것을 못 쓰게 하면 안 돼, 줄리아. [책을 집어 먼지를 턴다] 소동을 피우는 건 감정이 섞인 짓이지. 기물 파손은 심각한 거야 [책을 테이블에 도로 올려놓는다] 그리고 이제 제발 가자고.

줄리아 [차갑게] 가세요. 당신 막을 사람 아무도 없으니. 난 안 움직여요. [그녀는 소파에 고집스레 앉는다]

차터리스 [인내력을 상실하며] 오, 자! 처음부터 또 같은 이야기를 하란 말이야. 내 인내력에도 한계가 있어. 자 가자고.

줄리아　안 가요. 난 못 가.

차터리스　그럼 안녕. [결심한 듯 문 쪽으로 간다. 그녀는 서둘러서 문 앞으로 가서 그를 막아선다] 나더러 가라면서.

줄리아　[문간에서] 나 혼자 여기 남겨둘 생각이군요.

터리스　그럼 같이 가자고.

줄리아　먼저 그 여자랑 안 만난다고 맹세를 하세요.

차터리스　이 봐. 당신이 가고 이 상황을 끝내기만 하면 뭐든 맹세할 게.

줄리아　[당황해서, 의심하며] 맹세를 한다고요?

차터리스　진지하게. 맹세하지. 지금까지 30분 동안이나 맹세를 할까 말까 하고 있었어.

줄리아　[자포자기 하며] 날 놀리는 거죠. 맹세 필요 없어요. 약속을 하세요. 명예를 건 신성한 약속을.

차터리스　물론이지. 뭐든지 하지. 당신이 즉시 여기서 나간다는 조건 하에. 신사―영국 신사―아니 당신이 바라는 뭐든― 로서 명예의 신성한 말에 걸고―다시는 그녀를 만나지도, 그녀에게 말을 걸지도, 그녀를 생각하지도 않겠어. 자 가자고.

줄리아　정말이에요? 약속 지킬 거죠?

차터리스　[이상하게 웃으며] 이젠 지나치군. 말도 안 되는 소리 그만하고 어서 오라니까. 어쨌든 난 갈 테니. 당신을 집에까지 운

반할 힘은 없어도 당신을 제치고 저 문을 나설 힘은 있어.
그럼 또 내가 짐승같이 밀었다고 불평할 테지. [문 쪽으로 한
발짝 움직인다]

줄리아   [심각하게] 당신이 그런다면, 당신이 나갈 때, 맹세하지만 난
저 창 밖으로 뛰어내리겠어요.

차터리스   [무덤덤하게] 그 창문은 그 건물의 뒤쪽으로 나 있고, 나는
앞쪽으로 나갈 테니까, 내 가슴이 아플 일은 없을 거고. 그
럼 안녕. [문으로 다가간다]

줄리아   레오나드. 동정하는 마음조차 없군요.

차터리스   전혀. 당신이 이렇게 별난 행동들을 해서 당신 자신을 낮
추니까 품위가 떨어지는 거야. 어떻게 버릇없는 아이나 하
는 행동들을 하고 싸구려 소설에 나오는 말을 하는 사람
이, 감각 또는 인격을 갖춘 남자와 사귀는 꿈을 뻔뻔하게
꿀 수 있단 말이야? [그녀는 울음이 뒤섞여, 흐느끼며 그의 품에 안긴
다] 자! 울지 마, 줄리아. 당신이 행복할 때보다 당신의 아
름다움이 절반 밖에 되지 않으니, 내 기분이 우울해진다
고. 가자고.

줄리아   [다정하게] 당신이 원하면 가겠어요. 키스 한 번 해주면.

차터리스   [기가 막혀] 정말 너무 하는군. 싫어. 내가 키스하면 난 뭐가
되는 거야. 이봐. 난 가겠어, 줄리아 [그녀가 달라붙는다] 키스
해 주면 딴 소리 안 하고 갈 거야?

줄리아　　당신이 원하는 건 뭐든지 할 게요.

차터리스　그럼 자. [팔에 안고 가볍게 키스한다] 약속 지켜. 가자고.

줄리아　　그 키스는 별로였어요. 전에 해 주던 그 멋진 키스를 해주세요.

차터리스　[격노하여] 오, 제기랄. [그는 충동적으로 몸을 빼고, 그녀는 마치 그가 집어던지기라도 한 듯 낮은 신음소리를 내며 애절하게 쓰러진다. 그는 성난 눈으로 그녀를 한 번 보고 걸어 나가며 문을 꽝 닫는다. 그녀는 손을 짚고 일어서며 그의 멀어지는 발자국 소리를 듣는다. 소리가 멎는다. 그녀의 얼굴은 열의와 뭔가 모를 승리감으로 빛난다. 발걸음 소리가 서둘러 돌아온다. 그녀는 전처럼 다시 쓰러진다. 차터리스가 극도의 경악 속에서 다시 나타나서 외친다] 줄리아. 우린 끝장이야. 커스버트슨이 당신 아버지와 함께 올라오고 있어 [그녀는 재빨리 앉는다] 들려? 두 아버지가 올라오는 소리가!

줄리아　　[바닥에 주저앉으며] 그럴 리가. 서로 모르는 사이인데.

차터리스　[절망적으로] 그들이 지금 꼭 쌍둥이처럼 올라오고 있다니까. 도대체 우린 어쩌지?

줄리아　　[그의 손을 잡고 허둥대며 일어선다] 서둘러요. 저 엘리베이터. 엘리베이터를 타고 내려가면 돼요. [토크 모자를 집으려고 테이블 쪽으로 서둘러 간다]

차터리스　아니. 엘리베이터 보이가 퇴근했어. 엘리베이터는 잠겼다고.

줄리아　　[빠른 속도로 모자를 쓰며] 다음 층으로 올라가요.

차터리스	다음 층은 없어. 여기가 꼭대기 층이이야. 아니, 아냐. 뭔가 그럴 듯한 거짓말을 생각해봐. 난 못하겠어. 줄리아, 당신은 할 수 있을 거야. 머리를 짜내보라고. 내가 지원사격을 할 테니.
줄리아	그렇지만—
차터리스	쉬! 그들이 왔어. 앉아서 집 쪽을 바라봐. [줄이아는 토크 모자와 외투를 황급히 벗어 탁자 위에 올려놓고 피아노로 달려가 자리에 앉는다]
줄리아	이리 와서 노래를 불러요.

그녀는 교향곡 「웬 어더 립스」를 연주한다. 차터리스는 노래를 부르려는 듯 피아노 옆에 선다. 두 명의 나이가 지긋한 신사들이 입장한다. 줄리아는 피아노 연주를 멈춘다.

둘 중 연장자인 다니엘 크레이븐 대령(Colonel Daniel Craven)은 허세를 부리는 평범한 퇴역군인으로서, 그 역할을 즐겁게 잘 해내는데, 꼿꼿한 자세를 하고 있으며, 실제로, 온화하면서 충동적이고 남을 쉽게 믿는 사람이다. 그는 장교와 신사로서 전적으로 배려심이 없는 삶을 살았지만, 지금은 자식들이 잘 되는 통에 자신도 놀라서 일종의 자각을 얻는 사람이다.

같이 들어온 조셉 커스버트슨씨(Mr Joseph Cuthbertson)는 그레이스의 아버지로서 대령의 소년다움이라고는 전혀 없다. 그는 열정적인 이상주의적 감성을 가진 사람으로, 살면서 마주치는 일에 매우 빈번하게 분노하다 보니 그 결과 습관적으로 화를 내는 태도를 얻게 되었는데, 그는 이로 인해 말을 하면서 예상치 못하게 열광적이거나 다정하게 된다.

두 사람은 얼굴 표정에서도 확연히 차이가 난다. 대령의 얼굴은 날씨, 세월, 식사와 음주, 그리고 누적된 사소한 짜증의 모습이 배어나지만 생각하는 것은 깊어 보이지 않는다. 그는 아직 정정하고, 삶의 기쁨과 참신함에 대한 기대에 부풀어 있다. 커스버트슨은 매일 앉아서 사고에 젖는 런던 두뇌 집단의 주름살의 소유자이고, 주기적인 피로로 인해 휴식과 재창조의 필요성을 느끼는 사람으로, 모험과 즐거움을 머리 식히는 일 정도로 생각할 뿐 그것들에 환멸적 무관심을 가지고 있다. 사람을 경계하는 화난 눈초리, 쌓아올린 머리, 그리고 그가 취하는 고결한 심각성은 상당한 결과를 초래할 풍채다.

그들은 모두 이브닝 드레스를 입고 있다. 커스버트슨은 모피 칼라가 달린 코트를 벗지 않은 상태다.

커스버트슨　[방문객들을 보고 기뻐하며 친절한 태도로] 계속하게, 크레이븐양. 계속하게, 차터리스.

그는 소파 뒤로 와 그의 코트를 소파 위에 걸고 주머니에서 오페라용 쌍안경과 극장 프로그램을 꺼내 피아노에 올려놓는다. 한편 크레이븐은 벽난로로 가서 양탄자 위에 선다.

차터리스　아닙니다. 크레이븐 양과 오래된 노래를 부르고 있었습니다. 충분히 했습니다. [그는 악보를 치우고 건반의 뚜껑을 닫는다]

줄리아　[커스버트슨과 악수를 하기 위해 피아노와 소파 사이로 지나가며] 이런, 저의 아버지를 모셔 오셨네요! 놀랐어요! [크레이븐을 바라보

며] 아빠, 오셔서 매우 기뻐요. [그녀는 의자를 창가에 놓고 앉는다]

커스버트슨 크레이븐. 레오나드 차터리스씨를 소개하지, 유명한 입센주의 철학자야.

크레이븐 아, 이미 알고 있다네. 차터리스는 우리 집에 자주 들러, 조(Jo).

커스버트슨 두 사람에게 실례했군. 차터리스는 우리 집에도 자주 온다네. [차터리스는 피아노 의자에 앉는다] 그런데 그레이스는 어디 갔을까?

줄리아와 차터리스 에―. [둘 다 말을 멈추고 서로 쳐다본다]

줄리아 [공손하게] 죄송합니다. 차터리스씨. 제가 방해를 했네요.

차터리스 천만에, 크레이븐양. [이상한 침묵이 흐른다]

커스버트슨 [그들을 도와 주려고] 차터리스, 자네가 그레이스 이야기를 하려고 했었지.

차터리스 전 단지 크레이븐씨와 두 분이 아시는 사이란 걸 몰랐다고 말씀드리려고 했지요.

크레이븐 아, *내가* 오늘밤에서야 알게 되었지. 참 희한한 일이야. 우리는 극장에서 우연히 만났지. 알고 보니까 내 오랜 친구더라고.

커스버트슨 [정력적으로] 그래, 크레이븐. 자 이제 내가 자네에게 말했던 가정생활의 붕괴에 대해 증명이 되었겠지? 여기 우리 불가분한, 절친한 젊은 친구들이 있는데, 그들은 그 점에 관해

한 마디도 하지 않는군. 우리 둘은, 그들이 태어나기 전부터 알고 지냈는데, 우리가 순전한 우연으로 오늘밤 옆자리에 앉지 않았던들 우린 결코 다시 만나지 못했을 거야. 자. 앉게나 [애정 있는 태도로 서둘러 그에게 다가가 벽난로 위에 위치한 안락의자에 앉도록 권유하며] 이 자리에 앉아, 벽난로 옆에, 자네가 앉고 싶을 때면 언제나. [그가 소파 끝으로 가 기대고 서서, 크레이븐게 존경심을 표하며] 자네가 댄 크레이븐(Dan Craven)이라니!

크레이븐　자네가 조 커스버트슨이라니! 정말 묘한 우연의 일치야. 난 자네 이름이 트랜필드인 줄로 알았다네.

커스버트슨　와, 그건 내 딸 이름이야. 자네도 알다시피, 과부가 되었지. 자네 얼굴 좋구먼, 댄. 세월이 지나도 그리 변하지 않았어.

크레이븐　[갑자기 부자연스럽게 우울한 기색을 보이며] 좋아 보이지. 기분도 좋다네. 그런데 난 시한부 인생이야.

커스버트슨　[놀라서] 오, 그럴 리가, 이 봐. 그럴 리가 없네.

줄리아　[목소리에 괴로움이 섞여] 아빠! [커스버트슨은 뭔가 궁금한 듯 그녀를 살핀다]

크레이븐　그래, 그래, 아가. 내가 말을 잘못했다. 슬픈 이야기야. 그렇지만 커스버트슨이 알고 있는 게 나아. 우린 참 친한 친구였지. 지금도 그러길 희망한다. [커스버트슨은 크레이븐에게 가서 조용히 그의 손을 누른다. 그리고 손수건을 꺼내고 약간 감정을 드러내며 소파로 돌아와 앉는다]

차터리스 [약간 참지 못하고] 커스버트슨, 사실은 크레이븐이 의학이라
는 마법사 부서의 경건한 신봉자입니다. 모든 의학 집단에
서 그가 가장 최근에 발견된 간질환 환자로 인정했지요.
의사들은 그가 내년까지 살지 못할 거라고들 해요. 그래서
그는 그 사람들 말이 옳다는 걸 보여주려고 다음 부활절까
지 살지 않기로 결심했어요.

크레이븐 [가장된 군인의 자세를 취하며] 내 병을 경미하게 생각하도록 해
서 내 기분을 좋게 하려고 하다니 고맙네, 차터리스. 그러
나 때가 되면 난 준비가 되어 있어. 난 군인이야. [줄리아가
흐느낀다] 울지 마라, 줄리아.

커스버트슨 [목이 막혀] 자네가 오래 살길 바라네, 댄.

크레이븐 나를 돕는 셈치고, 조, 주제 좀 바꿔주게. [그는 일어서서 불에
등을 돌린 채 벽난로 앞 깔개 위에 자리한다]

차터리스 커스버트슨, 대령님을 우리 클럽에 가입시키도록 설득해
보세요. 그가 우울해 하시니까요.

줄리아 아무 소용없어요. 실비아(Sylvia)와 내가 항상 가입하시라
고 하지만, 안 하실 거예요.

크레이븐 얘야. 난 내 클럽이 있어.

차터리스 [경멸적으로] 그래요. 작은 육해군(Junior Army and Navy)!
그게 클럽입니까? 아니, 여자들은 문간에 얼씬거리지도 못
하게 한다면서요.

크레이븐   [약간 찌푸리며] 클럽이란 취향문제일세, 차터리스. 자네는 수
            탉-암탉 클럽을 좋아하는데, 난 아니야. 줄리아와, 스무 살
            도 안 된 또 다른 여식이 하루 중 반나절을 그런 클럽에서
            보내게 하는 것은 기분 좋은 일이 아니지. 그 뿐인가, 나
            참, 그런 이름의 클럽이라니! 입센 클럽! 런던에서 이런 일
            이. 입센 클럽! 이봐, 커스버트슨! 내 편 좀 들어주게. 자네
            도 내 말에 동의하잖나.

차터리스   커스버트슨도 회원이십니다.

크레이븐   [놀라서] 아니야! 어째서, 그 친구는 요즘 젊은 사람들이 진
            보된 사상으로 가고 있다고 하면서 모든 게 엉망이라고 오
            늘 밤 내내 이야기했는데.

차터리스   물론이죠. 커스버트슨씨는 이 클럽에서 그것을 공부하는
            중이십니다. 항상 거기 계시죠.

커스버트슨 [따뜻하게] 항상은 아니고. 과장하지 말게, 차터리스. 자네도
            알다시피, 내가 그레이스 때문에 가입하긴 했지만 내가 있
            으면 보호 차원에서나, 일종의 단속 차원에서 도움이 될
            것 같아서였지. 말하자면, 나는 결코 그 클럽에 찬성하지
            않았네.

크레이븐   [커스버트슨의 일관성 없는 태도에 재치 없이 되풀이하며] 자, 알다시피,
            정말 예상치 못했던 일이군. 정말 예상치 못한 일이야. 자
            네에게서 이런 이야기를 들으리라곤 상상도 못했네, 조.

자네는 자네가 살아오면서, 여성스러운 여성들과 남성스러운 남성들, 그리고 그 밖의 여러 사람들이 고결하게 참아낸 시련의, 그리고 그들이 기꺼이 해낸 희생의, 장면들을 지켜 봐왔기 때문에 이런 모든 현대 운동에 혐오감을 느낀다고 말하지 않았던가. 입센 클럽에서 그런 남성다움과 여성다움을 볼 수 있단 말인가?

차터리스 볼 수 없지요. 클럽의 규칙은 그런 걸 금하고 있습니다. 클럽에 참가하고자 하는 사람들은, 그 참가자가 여성이면 여성답지 않고 남성이면 남성답지 않음을 보장하는 남성과 여성 양쪽의 추천이 있어야만 가입할 수 있습니다.

크레이븐 [그의 차가운 다리에 따뜻해진 바지를 붙이려고 허리를 구부리면서 교활하게 싱긋 웃으며] 그래봤자 소용없어, 차터리스. 그런 얄팍한 이야기에 날 끌어들이려 하지 말게.

커스버트슨 [힘주어] 사실이야. 흉하긴 하지만. 사실일세.

크레이븐 [화가 나기 시작해서, 확실한 추론을 이끌어내면서] 그럼 어떤 작자가 내 딸 줄리아가 여성스럽지 않다고 감히 증언을 했단 말인가?

차터리스 [음울하게] 믿을 수 없게 들리지만, 양심에 비추어 그런 생각지도 못할 거짓말을 한 어떤 남자가 있었답니다.

줄리아 [발끈해서] 만약에 그가 그의 양심에 비추어 그보다 더 나쁜 짓을 안 했다면, 잘 자겠지요. 제가 알고 싶은 것은, "그

나머지 여자들보다 어떤 면에서 제가 더 여성적일까?” 하
는 것이죠. 제가 없을 때, 사람들이 항상 다음과 같은 말들
을 한 대요: “실비아가 말해주더군요. 단지 일전에도 위원
회 소속 한 여자가, 저는 결코 가입 안 했어야만 하고, 당
신[차터리스에게]이 절 몰래 끌어들였다.”라고 말예요. 그 여
자에게 직접 들어봐야겠어요. 그게 다예요.

크레이븐   하지만, 애야, 난 정말 그녀가 옳기를 바란단다. 그녀는 가
장 좋은 칭찬을 한 거야. 아니, 그 클럽은 무슨 악의 소굴
같구나.

커스버트슨   [단호히] 맞아, 크레이븐. 정말 그래.

차터리스   그럼요. 그래서 클럽이 정선된 상태로 유지되는 겁니다.
평판이 의심스러운 상태를 넘어서야 여기 참가할 수 있거
든요. 우리가 일단 명성을 얻으면, 우리는 런던에서 모든
수상한 구석이 있는 사람들을 위해 그저 눈가림용 백색 도
료를 제공하는 가게가 될 수 있죠. 크레이븐, 우리 클럽에
참여하세요. 제가 모시겠습니다.

크레이븐   뭐라고! 내 딸이 여성답지 않다고 말하는 무뢰한 자들이
있는 클럽에 가입을 하라니! 내가 병약하지만 않다면, 엉
덩이를 차버릴 텐데.

차터리스   오 그런 말씀 마세요. 그렇게 말한 게 접니다.

크레이븐   [꾸짖으며] 자네가! 이거 놀랍군, 차터리스, 정말 짜증나는군.

어떻게 그럴 수가 있단 말인가?

차터리스 그녀가 절 그렇게 만들었죠. 전 커스버트슨이 남자답지 않다고 보증을 서야만 했죠. 그리고 그는 런던에서 남성적 정서를 주도하는 대표이시죠.

크레이븐 그거야 조에게 별다른 해가 되지 않겠지만 줄리아의 인격을 앗아갔네.

줄리아 [화가 나서] 아빠!

차터리스 입센 클럽에서는 아닙니다. 아주 반대죠. 결국, 우린 어떻게 할까요? 대부분의 남녀 클럽이 왜 붕괴되는지 아시죠. 다툼―스캔들―그 여자를 찾아라―그 바탕에는 항상 한 여자가 있죠. 우리는 클럽을 설립할 때부터 이걸 알고 있었습니다. 그 바탕에 있는 여자는 항상 여성스러운 여성이었습니다. 그러나 여성스럽지 않은 여성들은 그들의 삶을 위해 일하고, 그들 스스로 자신을 보살피는 방법을 알기 때문에 아무런 문제도 일으키지 않습니다. 그래서 우리는 단지 여성스런 여성은 받지 않겠다고 한 것입니다. 그리고 몰래 들어오면 여성스럽게 행동하지 않도록 주의를 해야 하지요. 우리는 잘 하고 있습니다. [일어선다] 내일 저와 점심 식사하러 오셔서 클럽을 한 번 보시지요.

커스버트슨 [일어서며] 아닐세. 그는 나와 약속이 되어 있네. 하지만 자네도 낄 수 있어.

차터리스　　　몇 시죠?

커스버트슨　　12시 이후 아무 때나. [크레이븐에게] 90 코르크 거리, 벌링턴 아케이드 맞은편 끝.

크레이븐　　　[소맷동에 끄적이며] 90, 그리고. 12시 이후. [갑자기 다시 우울해지며] 그런데 말이야, 뭐 특별한 걸 주문하진 말게. 술을 마시면 안 되거든. 아폴리나리스수만 마실 수 있지. 고기도 안 되고. 가끔 생선은 조금 먹을 순 있지만 말이야. 짧은 인생을 맞겠지만 즐거운 것도 아니라네. [한숨을 내쉬며] 자, 자! [몸을 추스르며] 자 줄리아. 갈 때가 되었구나 [줄리아가 일어선다]

커스버트슨　　도대체 그레이스는 어디 간 걸까? 가서 찾아 봐야겠네. [문 쪽으로 돌아선다]

줄리아　　　　[제지하며] 커스버트슨씨, 그녀를 방해하지 않았으면 하는데요. 꽤 피곤해 보였어요.

커스버트슨　　하지만 잠깐이면 될 텐데. 인사만 하는 건데. [줄리아와 차터리스는 실망하여 서로 쳐다본다. 커스버트슨은 재빨리 그들을 보고 뭔가 잘못되었음을 알아차린다]

차터리스　　　모두 다 털어놓아야 하겠군요.

커스버트슨　　뭘?

차터리스　　　사실은, 커스버트슨, 트랜필드 부인―아시다시피, 가장 사려 깊은 사람이죠―은 제가―그러니까, 특별히 크레이븐 양과 단둘이서 이야기를 나누고 싶어 하는 걸 알았습니다. 그래서 피곤하다고 말하고 잠자리에 들었습니다.

크레이븐   [아연실색하며] 쯧! 쯧!

커스버트슨   오호! 그래? 그럼 괜찮지. 이렇게 일찍 자러가진 않거든.
내가 가서 곧 데려오지. [그는 대경실색하는 차터리스를 남겨둔 채
자신에 차서 나간다]

줄리아   드디어 해 냈군요. [그녀는 황급히 둥근 테이블로 가서 외투와 토크 모
자를 집어 든다] 난 가요. [문으로 향한다]

크레이븐   [놀라서] 뭐하는 거냐, 줄리아? 트랜필드 부인에게 인사를
않고 떠날 수는 없어. 정말 무례한 짓이지.

줄리아   계시고 싶으시면 계세요, 아빠. 그럴 수 없어요. 홀에서 기
다릴 게요. [서둘러 나간다]

크레이븐   [그녀를 따라가며] 도대체 그럼 난 뭐라고 해야 하니? [그녀가 그
의 얼굴 앞에서 문을 닫고 사라진다. 차터리스를 향해 못마땅해서] 자네도
잘 알다시피, 차터리스, 정말 일이 어쩌다 사악하고 곤란
하게 돼 버렸네. 맹세코 그렇다니까. 자네가 우리 모두 앞
에서 불쑥 말해서 일이 매우 난처하게 되어버렸네. 자네와
줄리아에 대해서 말이야.

차터리스   모든 걸 내일 설명 드리겠습니다. 지금으로서는 줄리아를
따라 빨리 달아나는 게 훨씬 좋을 것 같습니다. [그는 문으로
가려고 한다]

크레이븐   [그를 막으며] 멈추게! 날 이렇게 두고 가면 안 되지. 내가 바
보처럼 보일 것 아닌가. 자네가 가버리면 상황이 정말 악

화되네, 차터리스.

차터리스　　좋습니다. 여기 있겠습니다. [그는 그랜드 피아노의 받침대에 올라 앉아 다리를 흔들며 단념한 듯 크레이븐을 바라본다]

크레이븐　　[왔다갔다 하면서] 줄리아의 행동 때문에 기분이 몹시 상했네. 정말로 말이야. 아주 사소한 일에서 조차 서로 거스르는 걸 참아내질 못한다니까, 불쌍한 아이야. 그 애 대신 내가 사과를 하겠네. 그렇게 가버린 것은 여기 있는 사람들을 대놓고 모욕한 거니까. 내가 알기로 커스버트슨은 이미 기분이 상해 있을 거야.

차터리스　　오, 걱정 안 하셔도 됩니다. 트랜필드 부인은 이 조직의 핵심이니까요.

크레이븐　　[교활하게] 아, 그래, 그런가? 그 친구는 그의 딸을 다루지 못할 사람이라네. [그는 불에 등을 돌린 채 전에 서 있던 벽난로 앞 깔개 자리로 돌아간다] 그런데, 그 사람이 ─ 그게 뭐였지 ─ '여성스러운 여성들과 남성스러운 남성들, 그리고 그 밖의 여러 사람들이 고결하게 참아낸 시련의, 그리고 그들이 기꺼이 해낸 희생의, 장면들'이라고 그의 인생살이와 관련해서 한 그 모든 말이 도대체 무슨 뜻이지? 뭐 병원에라도 가야 되는 거 아닌가.

차터리스　　병원! 말도 안 됩니다! 그분은 연극 평론가시죠. 제가 그분이 런던의 남자다운 감성을 이끄신다는 말씀을 드리지 않았던가요?

크레이븐 그렇게 말하지 않았지! 정말, 누가 그런 생각이나 했겠는
가! 무료로 극장에 가면 참 좋겠는 걸! 표 몇 장 구해달라
고 가끔 부탁해야겠어. 그렇지만 남자가 그런 소릴 한다는
게 좀 우습지 않을까? 그가 무대에서 본 것을 아주 심각하
게 받아들이지 않는다면 난 내 목을 조를 걸세.

차터리스 물론이죠. 그래서 그 분이 훌륭한 비평가시죠. 더욱이, 무
대 밖에서 사람들을 심각하게 생각한다면, 사람들이 일종
의 적절한 구속 하에 있는 무대에서 왜 그들을 심각하지
않게 생각하겠습니까? [그는 피아노에서 뛰어내려 창가로 간다]

커스버트슨이 돌아온다.

커스버트슨 [크레이븐에게, 다소 주춤거리며] 사실은, 그레이스가 벌써 잠자리
에 들었다네. 사과를 해야겠어, 자네와 크레이븐양— [돌아
서서 줄리아가 이미 떠난 것을 보고 멈칫한다]

크레이븐 [당황하여] 오히려 내가 줄리아 대신 사과를 해야겠네, 조.
그 애가—

차터리스 [끼어들며] 그녀는, 우리가 가지 않으면 선생님께서 예의상
트랜필드 부인으로 하여금 인사를 위해 일어나도록 설득
해야 하는 것을, 매우 확신한다고 말했습니다. 그리고 즉

시 나갔지요.

커스버트슨　정말 사려가 깊군. 난 정말 부끄럽게도—

크레이븐　괜찮네, 조. 괜찮아. 저 아래에서 날 기다리고 있다네. [가면서] 잘 자게. 잘 자, 차터리스.

차터리스　안녕히 가십시오.

커스버트슨　[크레이븐이 나가는 걸 보면서] 잘 가게. 크레이븐양에게 내 대신 감사와 인사를 전해 주게나. 내일 12시 이후, 잊지 말고.
[그들이 나간다]

차터리스는 긴 한숨을 내 쉬며 지친 상태에서 가로질러 벽난로로 향한다.

크레이븐　[밖에서] 그럼.

커스버트슨　[밖에서] 계단을 조심하게. 좀 경사가 져서. 잘 가게. [밖의 문이 닫힌다]

커스버트슨이 돌아온다. 들어오는 대신, 그는 문간에서 한 손을 조끼 가슴 부분에 올린 채 인상 깊게 서서, 차터리스를 심각하게 쳐다본다.

차터리스　왜 그러십니까?

커스버트슨　[엄하게] 차터리스. 여기서 무슨 일이 있었던 거지? 알아야 하겠어. 그레이스는 잠자리에 들지 않았네. 같이 이야기를 좀 했지. 이게 다 무슨 일인가?

차터리스   선생님의 극적 경험에게 물어보시죠, 커스버트슨. 물론, 남
자다우신 분.

커스버트슨   [앞으로 나서며 다가서서] 나를 바보로 아는가, 차터리스. 이런
걸 보고 즐거워하기엔 난 너무 늙었어. 진지하게 묻겠는
데, 무슨 일인가?

차터리스   진지하게 대답해 드리죠. 제가 문젭니다. 줄리아는 저와
결혼하고자 합니다. 저는 그레이스와 결혼하고자 하고요.
저는 아름다운 그레이스를 보려고 오늘밤 여기에 왔지요.
줄리아가 들어왔습니다. 갈팡질팡하게 되었죠. 그레이스가
나갔습니다. 선생님과 크레이븐이 들어오셨죠. 핑계와 구
실을 대고. 크레이븐과 줄리아 퇴장. 그리곤 선생님과 제
가 이렇게 있는 겁니다. 그게 전부예요. 생각해 보세요. 그
럼 안녕히. [나간다]

커스버트슨   [그를 응시하며] 이봐, 난—

2막

Philanderer

다음 날 정오, 입센 클럽의 서재. 양쪽의 중간 아래로 유리문을 한 길쭉한 방이 있는데, 각각 하나는 식당 복도로, 다른 하나는 가장 큰 계단으로 통한다. 끝 쪽 중간쯤에는 멋진 선반이 딸린 벽난로가 있는데, 그 선반 위에는 입센의 흉상과, 그의 희곡 제목들을 장식용으로 새겨 놓은 글이 있다. 벽난로의 양 옆에 둥글게 구석진 공간이 있는데, 거기에는 긴 의자들이 빙 둘러 놓여 있고, 그 의자들 위의 공간은 책들이 늘어서 있다. 긴 등받이 의자가 벽난로에 면해있다. 등받이 의자 뒷면을 따라 신문이 어지러이 널려있는 녹색 테이블이 붙어 있다. 그 방을 내려다보고 있는 입센의 흉상 왼 쪽으로 식당이, 그리고 좀 더 가서, 서재의 거의 중간쯤에 회전 책장이 안락의자와 같이 놓여있다. 그 흉상의 오른쪽으로, 문과 구석진 공간 사이에, 가벼운 서재 사다리가 있다. 좀 더 가서, 문을 지나 안락의자가 있고, 그 안락의자와 방의 중간 사이에 그보다 작은 안락의자가 있다. 정숙이라고 쓰여진 벽보들이 여기 저기 눈에 잘 띄게 붙어있다.

커스버트슨은 회전 책장의 안락의자에 앉아 「더 데일리 그래픽」(The Daily Graphic)을 읽고 있다. 파라모어 박사(Dr Paramore)는 입센의 흉상 오른쪽의 구석진 공간에 있는 긴 의자에서 「더 브리티쉬 메디컬 저널」(The British Medical Journal)을 읽으며 앉아있다. 그는 의사치고는 젊은 편이다. 겨우 40이다. 이마가 벗겨지고 있다. 그리고 그의 짙은 아치모양의 눈썹은 좀 모여 있어서 양심적으로 사악한 외모다. 그는 유행 감각이 있는 의사의 프록 코트를 입고 있으며, 극도로 점잖고 전문적인 태도를 갖추려고 노력한다. 전혀 행복하거나 솔직하지 않고, 그렇다고 의식적으로 불행하거 의도적으로 진실하지 못한 것도 아니지만, 지적으로는 매우 자족하고 있다.

실비아 크레이븐(Sylvia Craven)은 벽난로 불 앞의 긴 안락의자 중앙에 앉아 입센의 작품을 읽고 있고, 방의 중앙에서 그녀의 머리의 뒷모습만 보일 뿐이다. 18세의 아름다운 소녀로, 작고 말쑥하며, 산뜻한 도시풍 스타킹과 구두와 함께 노포크 등산복 자켓과 반바지를 입고 있다. 분리가 가능한 천 스커트가 긴 안락의자의 끝을 가로질러 언제라도 잡을 수 있는 거리에 있다.

파라모어 박사를 단조롭게 부르는 시동의 목소리가 오른쪽 밖에서 가까워진다.

시동　[밖에서] 파라모어 박사님, 파라모어 박사님, 파라모어 박사님 [엽서가 있는 쟁반을 들고 들어온다] 파라모어 박—

파라모어　[재빨리 바로 앉으며] 여기다, 얘야. [소년은 쟁반을 내민다. 파라모어는 엽서를 집고 그것을 쳐다본다] 좋아. 내가 그에게 내려가마. [소년이 간다. 파라모어는 일어선다. 그리고 구석진 공간에서 나와 테이블 위에 그의 신문을 던지며] 안녕하세요, 커스버트슨씨 [그의 옷소매를 잡아 당기려고 멈춰서면서, 그의 코트를 흔들어 똑바르게 한다] 트랜필드 부인은 잘 지내죠?

실비아　[화가 나서 고개를 돌리며] 쉬—쉬—쉬!

파라모어는 놀라서 몸을 돌린다. 커스버트슨은 정열적으로 일어나 누가 이런 무례를 범하는 가를 보려고 책장 너머로 시선을 보낸다.

파라모어   [뻣뻣하게 실비아에게] 미안해, 크레이븐 양. 방해할 생각은 아
          니었는데.

실비아   [당황하면서도 억지를 부리며] 다른 사람들에게 방해가 되는지를
          고려한 후에 얼마든지 말씀하시죠. 제가 단지 여성 회원이
          기 때문에 저의 존재를 고려하지 않는다는 건 참을 수 없
          네요. 그것뿐입니다. 계속하세요. 전혀 방해되진 않으니까.
          [불 쪽으로 몸을 돌려 다시 입센의 책을 파고든다]

커스버트슨   [위엄을 갖추어 단호하게] 어떤 신사도 우리가 몇 마디 나누는
          걸 반대하진 않을 거야, 아가씨. [그녀는 무시한다. 그는 화가 나서
          다시 말한다] 사실 파라모어 박사에게 그가 이곳에 방문객을
          모셔오고 싶으면, 나는 반대하지 않을 거라고 말하려던 참
          이었네. 이렇게 무례할 수가! [그는 그의 신문을 의자 위에 던진다]

파라모어   아, 정말 감사합니다. 하지만 단지 도구 제작자일 뿐인걸요.

커스버트슨   새로운 의학적 발견이 있었나, 박사?

파라모어   에, 물어보시니까, 있습니다. 아마도 매우 중대한 발견일
          겁니다. 지금까지 간과된 뭔가를 발견했거든요. 실험용 동
          물의 간 속의 작은 관 말씀이죠. 크레이븐양은 그것이 부
          친의 병에 뭔가 중요한 희망을 줄 수 있다는 걸 알면 제가
          그것을 말하는 걸 용서하겠지요. 물론 첫 번째로 할 일은
          무엇 때문에 그 관이 거기 있느냐 하는 것을 발견하는 것
          이죠.

커스버트슨 [그가 과학에 직면하고 있음을 생각하며 경건하게] 정말인가? 그걸 어찌 할 건가?

파라모어 오, 쉽습니다, 그저 관을 잘라서, 그 실험용 쥐에게 무슨 일이 생기는지 보려고 합니다. [실비아는 놀라서 일어난다] 그걸 하려고 특별한 칼을 주문했습니다. 아래층에서 저를 기다리는 사람이 그걸 고정시켜 실험실로 보내기 전에 시도해 볼 몇 개의 좋은 재료들을 가져왔어요. 저는 그런 흉기들을 여기로 가져오는 것이 걱정됩니다.

실비아 그런 걸 시도하신다면, 파라모어 박사님, 위원회에 이의를 제기하겠어요. 대다수의 회원들은 생체 해부에 반대하고 있어요. 부끄러운 줄 아세요. [그녀는 분리할 수 있는 치마를 잡아 채고 단추를 잠그면서 여봐란듯이 계단 문으로 나간다]

파라모어 [경멸심을 참으며] 과학 하는 사람들은 요즘 이런 일들을 감내해야 합니다, 커스버트슨씨. 무지, 미신, 감상주의. 다 똑같죠. 모든 인류의 건강과 생명보다 실험용 쥐가 먼저라니까요.

커스버트슨 [강한 어조로] 그건 무지도 미신도 아니지, 파라모어. 순전히 입센주의야. 바로 그거지. 오늘 아침 내내 난롯가에 앉고 싶어 기다렸다네. 그런데 그 애가 거기 앉아서 저러고 있는 거야. 가서 털썩 그 옆에 앉을 수는 없는 일이었지. 그 애가 나의 바람에 대해 무슨 생각을 하는지 어찌 알겠나!

클럽에 여성들이 들어오도록 허용한 즐거운 일 중에 하나
지. 그들은 모두 여기 오기만 하면 난롯가를 차지하고 앉
아서 그놈의 가슴을 덥히려고 안달이지. 때로는 부지깽이
를 가져다가 콧등을 갈겨주고 싶다니까. 어휴!

파라모어 전 언니 크레이븐양이 더 낫다고 생각합니다.

커스버트슨 [눈에서 빛이 나며] 아, 줄리아! 그럼. 정말 훌륭한 인물이지.
온통 여성스러워. 그 애에게 입센주의는 말도 안 되지!

파라모어 그 점에선 아주 동감입니다, 커스버트슨씨. 에ㅡ그런데,
크레이븐양이 차터리스를 좋아하는 모양이죠?

커스버트슨 뭐라고! 그 작자! 그럴 리가. 그가 내 딸을 쫓아다니는 모
양이지. 내 딸에게는 모자라지. 그 아이는 힘 있고, 남자다
우며, 깊은 목소리에, 넓은 가슴을 가진 남자를 원한다네.

파라모어 [걱정이 되어] 흠! 운동 좀 하는 사람 말인가요?

커스버트슨 오, 아니, 아니야. 아마도 자네 같은 과학적인 사람이 적격
이지. 내가 말하는 거 알지. 남자 말이야. [그는 소리 내어 가슴
을 쿵쿵 친다]

파라모어 물론이죠. 하지만 차터리스는 남자인데요.

커스버트슨 체! 내 말을 못 알아들은 모양이군.

시동이 엽서 쟁반을 들고 다시 나타난다.

시동   [전처럼 단조롭게 이름을 부르며] 커스버트슨씨, 커스버트슨씨, 커
        스—

커스버트슨   여기다, 얘야. [쟁반에서 엽서를 집어든다] 그 신사를 여기로 모
        셔와라. [소년 나간다] 크레이븐이군. 나와 차터리스와 함께
        점심 식사를 하기로 했지. 장비를 가져온 사람과 일을 끝
        내고, 뭐 특별한 일 없으면 같이 하자고. 줄리아가 오면 같
        이 초대할 생각이네.

파라모어   [기쁨에 홍조를 띠며] 그럼 매우 기쁘죠. 감사합니다. [그는 계단
        문으로 나가고 크레이븐이 들어온다] 안녕하십니까, 크레이븐 대령
        님.

크레이븐   [문에서] 안녕하신가. 만나서 반갑네. 커스버트슨은 어디 계
        신가.

파라모어   [웃으며] 저기 계십니다. [나간다]

커스버트슨   [크레이븐에게 마음이 넘쳐 나서 인사를 하며] 보게 돼서 기쁘네. 가
        서 담배 한 대 태우려나, 아니면 여기 앉아서 차터리스를
        기다리며 몇 마디 나눌까? 자네가 사람들하고 함께 있고
        싶다면, 흡연실은 항상 여성들로 붐비지. 약 3시가 될 때
        까진 여기 서재엔 사람들이 별로 없어.

크레이븐   여자들이 담배 피우는 걸 보고 싶지 않아. 여기가 편하네.
        [계단 쪽의 안락의자에 앉는다]

커스버트슨   [그의 왼쪽의 더 작은 의자를 차지하고 앉으며] 나도 마찬가지일세.

이 클럽에선 내가 맘 놓고 파이프 담배 한 대 즐길 곳이 없어. 항상 여자들이 드나들며 담배를 말곤 하지. 여성들에겐 혐오스러운 습관이지. 여성에겐 안 어울려.

크레이븐   [한숨을 쉬며] 아, 조, 우리 둘이서 몰리 에브든(Molly Ebden)에게 구애를 했던 그 시절에 비해 세월이 많이 변했지. 난 내 패배를 잘 받아들였어, 그렇지 않나, 친구?

커스버트슨   [진지하게 받아들이며] 그랬지, 댄. 그 생각을 하면 좀 처신에 신경을 쓰게 돼. 그렇지, 맹세코 말이야.

크레이븐   그래. 자넨 항상 난로와 가정의 가치를 믿었지, 조. 참한 영국 마누라와 행복하고 유익한 난롯가 말이야. 몰리는 어떻게 되었나?

커스버트슨   [몰리에게 공정하려고 애쓰며] 글쎄, 나쁘진 않았어. 더 나쁠 수도 있었는데 말야. 자네도 알다시피, 관계를 지속시키지 못했네. 모든 남자들이 그녀를 원해서 으르렁거렸지. 그녀는 내 어머니와 잘 지내지 못했어. 그리고 그녀는 마을에 있는 걸 싫어하게 되었고. 물론 난 일 때문에 시골에 살 수 없었지. 그러나 헤어질 때까지 대부분의 사람들처럼 잘 지냈지.

크레이븐   [당황하여] 헤어져! [그는 저항할 수 없는 즐거움을 느끼며] 오! 그게 바로 난로와 가정의 끝이었군, 조, 그래?

커스버트슨   [따뜻하게] 내 잘못은 아니었네, 댄. [감상적으로] 언젠가 내가 그녀를 얼마나 사랑했는지 알게 될 날이 있겠지. 그렇지만 그녀는 진정한 남자의 애정의 가치를 알지 못했네. 그거 아나, 대신 그녀가 자네랑 결혼했으면 하고 종종 말하곤 했다네.

크레이븐　[그 말에 진지해지며] 저런! 저런! 글쎄, 아마도 그게 나았을 걸. 내 결혼 생활에 대해 들었는지 모르겠네만.

커스버트슨　오 알지. 다 들었네.

크레이븐　글쎄, 조, 터놓고 이야기하는 게 좋겠네. 모두들 알고 있어. 난 돈 때문에 결혼했지.

커스버트슨　[용기를 주며] 그럴 수 도 있지, 댄? 안 그래? 알다시피, 돈 없이는 살 수 없잖아.

크레이븐　[진지하게] 그녀를 매우 좋아했지, 조. 그녀가 죽기 전까진 난 가정이 있었어. 이젠 모든 게 달라졌네. 줄리아는 항상 여기 와 있어. 실비아는 성격이 다르지. 그렇지만 그 애도 항상 여기 와 있지.

커스버트슨　[동정하며] 알고 있어. 그레이스도 마찬가지야. 항상 여기 있지.

크레이븐　그리고 이제 그 애들은 내가 항상 여기 있으면 하고 바란다네. 매일 클럽에 가입하라고 난리야. 아마, 내가 불평을 못하게 하려고 그러는 것 같아. 그 점을 자네와 상의하고 싶네. 내가 가입해야겠나?

| 커스버트슨 | 글쎄, 양심에 거리낌이 없다면―

| 크레이븐 | [성급하게 말을 끊으며] 원칙적으로 이 클럽 존재 자체에 반대하네. 그러나 그게 무슨 소용인가? 내 반대에는 아랑곳없이 여기 있지 않은가 말이야. 그리고 나도 이 조직의 무슨 장점이 있다면 그걸 취해야 할까보네.

| 커스버트슨 | [달래며] 물론이지. 그게 이 문제의 오직 합리적인 관점이지. 근데, 사실은 자네가 생각하듯 그리 불편한 곳은 아니야. 자네가 이곳에 좀 더 친숙해지면, 자네에게 더욱 집처럼 느껴질 것이네. 가족을 가까이 하고 싶으면 클럽 회원들과 식사를 같이 할 수 있지.

| 크레이븐 | [이 말에 별로 끌리지 않으며] 그래.

| 커스버트슨 | 게다가, 같이 식사하고 싶지 않으면 안 해도 되고.

| 크레이븐 | [납득이 되어] 그래, 정말이지 그렇군. 그렇지만 바보 같은 짓들을 하지는 않나, 오히려?

| 커스버트슨 | 오 아니야. 정확히 그렇지 않네. 여자들이 담배를 피우고, 생계와 기타 등등을 유지해야 하니까 물론 평소 수준은 좀 낮지만, 그래도 실제로 불평할만한 건 없어. 분명히, 편하다네.

차터리스가 그들을 찾으려고 주위를 두리번거리며 들어온다.

크레이븐   [일어서며] 클럽이 어떤지 알아보고도 싶고 해서 가입할 큰
            맘이 생겼네.

차터리스   [그들 사이로 들어오며] 아무렴오, 그러세요. 제가 너무 일찍 와
            서 두 분의 대화를 방해한 건 아니길 바라요.

크레이븐   전혀 아니네. [다정하게 악수한다]

차터리스   좋습니다. 생각했던 것보다 좀 빨리 왔습니다. 사실은, 커
            스버트슨에게 급히 드릴 말씀이 있어서요.

크레이븐   개인적으로 말인가?

차터리스   뭐 그렇진 않습니다. [커스버트슨에게] 지난 밤에 말씀드린 일
            말이죠.

커스버트슨   그래, 차터리스, 개인적이거나, 개인적이어야만 하지.

크레이븐   [조용히 테이블로 물러서며] 난 그저 타임즈나 읽고—

차터리스   [그를 막아 세우며] 아, 비밀이 아닙니다. 클럽에서 모두들 짐
            작하고 있어요. [커스버트슨에게] 그레이스가 저와 결혼하고
            싶다고 선생님에게 말한 적이 없나요?

커스버트슨   [화가 나서] 그 애는 자네가 결혼하자고 했다던데.

차터리스   아. 하지만, 선생님에게 중요한 건 제가 원하는 것이 아니
            라 그레이스가 원하는 것이지요.

크레이븐   [약간 충격을 받아] 실례하네, 차터리스. 이건 개인적인 일이
            야. 두 분이서 알아서 하게 [다시 테이블 쪽으로 움직인다]

차터리스   기다리세요, 크레이븐. 대령님도 이 일과 관련이 있습니다.

줄리아도 저와 결혼하고 싶어해요.

크레이븐   [가장 강력한 항의의 목소리로] 정말! 어떻게 이럴 수가!

차터리스   확실히 말씀드리는데, 사실입니다. 지난 밤 트랜필드 부인
             이 우리와 같이 있지 않았던 게 다소 이상하지 않던가요?

크레이븐   그렇긴 했지. 하지만 자네가 설명했잖아. 그리고, 차터리
             스, 정말이지 자네가 그런 설명을 줄리아 앞에서 했던 건
             충격적인 좋지 않은 경험이었네.

차터리스   신경 쓰지 마세요. 훌륭하고, 넉넉하고, 건강하고, 새빨간
             거짓말이었죠.

크레이븐과 커스버트슨   거짓말이라고!

차터리스   의심하지 않았나요?

크레이븐   물론 안했지. 의심했나, 조?

커스버트슨   그때 의심하지 안했네.

크레이븐   더욱이, 난 자네를 믿지 않아. 이런 말해서 유감이지만, 줄
             리아가 거기 있었잖은가, 줄리아는 자네의 말에 반박을 하
             지 않았어.

차터리스   원치 않았기 때문이죠.

크레이븐   내 딸이 날 속였다고 말하려는 건가?

차터리스   저에 대한 미묘한 감정이 그녀를 그렇게 하도록 만들었죠,
             크레이븐.

크레이븐   [심각한 어조로] 이것 봐 차터리스. 자네는 두 아버지 사이에

서 있다는 제대로 된 생각을 잊었나?

커스버트슨 맞아, 댄, 맞는 말이야. 나도 그 질문을 하고 싶었네.

차터리스 글쎄요, 제가 두 따님들 사이에서 매우 오래 있다 보니 아직도 다소 멍해졌나 봅니다. 하지만 저는 상황을 파악하고 있다고 생각합니다. [커스버트슨은 혐오스러움을 내비치며 휙 돌아선다]

크레이븐 자네의 예절에 유감이네, 차터리스. 그게 다야. [샐쭉하니 돌아앉는다. 그리고 갑자기 분노에 휩싸여 차터리스에게 돌아온다] 어찌 내 딸이 자네랑 결혼하고 싶단 말을 할 수가 있는가? 자네가 도대체 뭐길래 내 딸이 결혼을 한다고 해?

차터리스 그러게 말입니다. 대령님이 아주 옳습니다. 그녀는 더 나쁜 결론을 내리지 않을 수도 있었어요. 그렇지만 이성의 말에는 귀를 기울이지 않습니다. 확신하건대, 존경하는 크레이븐, 50명의 아버지들이 했을 만한 모든 것들을 말했습니다. 그런데 소용이 없어요. 그녀는 저를 포기하지 않습니다. 그녀가 제 말도 안 듣는데, 대령님 말씀인들 듣겠습니까?

크레이븐 [화도나고 당황해서] 커스버트슨. 이런 말 들어 본 적 있나?

커스버트슨 절대로 없네! 절대로!

차터리스 참, 거슬리네요! 자! 인습에 찌든 아버지들처럼 왜들 이러세요. 심각한 일입니다. 이 편지들을 보세요! [편지와 엽서를 꺼내들며] 이건 [엽서를 보여주며] 그레이스로부터 온 겁니다ㅡ 그런데, 커스버트슨, 그녀로 하여금 엽서에 쓰지 않도록 말씀 좀 해주세요. 파란 색 때문에 줄리아가 제 쓰레기통에서 조각들을 모아서 다시 붙인단 말입니다. 자 들어보세요. '친애하는 레오나드. 어젯밤 같은 현장에 노출되는 것은 나에게 전혀 도움이 될 수 없어요. 줄리아에게 돌아가세요. 절 잊으세요. 그레이스 트랜필드.'

커스버트슨 편지의 모든 말을 지지하는 바이네.

차터리스 [크레이븐에게 돌아서서 편지를 읽을 준비를 하며] 줄리아 편집니다. [대령은 충격을 예상하고 차터리스로부터 그의 얼굴을 숨기기 위해서 몸을 돌린다. 그리고 그의 손을 의자에 올려놓고 몸의 균형을 잡는다] '친애하는 소년에게. 이 혐오스런 여자가 당신의 마음 속에서 내 자리를 차지했다는 걸 믿을 수가 없습니다. 우리가 처음 만났을 때 당신이 내게 보낸 편지들 중 몇 장을 보냅니다. 읽어보세요. 그러면 당신이 그 편지들을 썼을 때 느꼈던 감정을 회억할 수 있을 테니까요. 당신은 내게 무관심할 만큼 그렇게 많이 변할 수 없어요. 비록 누군가가 당신의 환상을 잠간 동안 깰 수는 있을지라도, 당신의 마음은 여전히 나의 것'ㅡ등등. 이런 일 아시죠ㅡ'언제나 변함없는 당신의 사랑 줄리아.' [대령은 의자에 털썩 주저앉아 손으로 얼굴을 덮는다] 아직도 줄리아가 심각한 상태가 아니라고 생각하십니까? 이런 편지를 하루에 세 번씩은 보냅니다. [커스버트슨에게] 그레이스는 진지하긴 하지만, 이런! [그레이스의 편지를 꺼내든다] 또 파란색 엽서입니다! 이번엔 쓰레기통을 믿지 않겠습니다. [그는 난로로 가서, 편지들을 불 속에 던진다]

커스버트슨　[다시 그들에게 돌아오며 팔짱을 긴 채 그에게 다가서서] 뭐하나 묻겠는데, 차터리스씨, 이런 게 신 유머라는 건가?

차터리스　[여전히 자신의 일에 너무 몰두되어, 다른 사람들에게 그가 끼치고 있는 영향을 생각할 수 없는 상태가 되어] 아, 그만들 하세요! 제가 처한 상황이 농담으로 보이시나요? 선생님께서는 머리가, 신 유머, 신여성, 신 이것, 저것, 그리고 다른 것, 선생님 자신의 고리타분한 사고와 섞인 모든 것으로 매우 가득 채워져서, 선생님의 감각을 잃어버리신 것 아니십니까?

커스버트슨　[격렬하게] 조국의 영예로운 봉사를 위해 젊음을 바친, 자네가 요새 며칠 괴롭힌 저 노인이 보이지 않는가?

차터리스　[놀라서, 크레이븐을 보고 진심으로 그의 고통을 감지하고] 정말 죄송합니다. 자, 크레이븐. 마음 속에 담아두지 마세요. [크레이븐이 머리를 흔든다] 정말 아무 일 아닙니다. 저에겐 항상 일어나는 일인걸요.

커스버트슨　자네에겐 한 가지 변명밖엔 없네. 자네의 행동에 모든 책임이 있는 것은 아니야. 모든 진보적인 사람들처럼 자네는 신경쇠약에 걸린 걸세.

차터리스 [놀라서] 맙소사! 그게 뭔데요?

커스버트슨 설명을 거부하겠네. 자네도 나처럼 잘 알고 있지 않은가. 지금 점심을 주문하러 내려가겠어. 3명분을 주문하겠네. 그러나 세 번째 자리는 내가 초대한 파라모어를 위한 거야. 자네가 아니고. [식당 문으로 나간다]

차터리스 [손을 크레이븐의 어깨에 올리며] 보세요, 크레이븐. 저에게 충고를 좀 해 주세요. 이런 일을 겪어보셨을 것 같은데요.

크레이븐 차터리스. 어떤 여성도 남자가 접근하지 않는 한 그런 편지를 쓰지 않지.

차터리스 [침통한 목소리로] 세상을 그렇게도 모르시나요, 대령님! 신여성들은 그렇지가 않습니다.

크레이븐 이보게, 난 매우 구식의 충고밖엔 할 수 없네. 그리고 신여성에 열중해 있기 전에 구여성과 다녀보는 게 낫다는 이야길세. 자네가 나에게 말해서 유감이야. 내가 죽을 때까지 기다리면 좋았을 걸. 이제 머지않았어. [고개를 다시 수그린다]

줄리아와 파라모어가 계단에서 들어온다. 줄리아는 차터리스의 모습을 보자 멈춰 선다. 그녀의 얼굴에는 어둠이 드리워져 있고 가슴이 요동한다. 파라모어는 대령이 분명 아픈 것임을 알아차리고 정신없이 그에게 달려간다.

차터리스 [줄리아를 보고] 오, 신이여! [그는 회전 책장 밑으로 숨는다]

파라모어   [동정적으로 대령의 손목을 잡고 그의 맥박을 세기 시작하며] 실례합니

다.

크레이븐   [올려다보며] 어? [그는 손목을 빼고 약간 시무룩해서 일어나며] 아니네.

파라모어. 간 때문에 이러는 게 아니야. 개인적인 일이라

네.

줄리아와 차터리스 사이에 추격이 시작되는데, 이 추격은, 여성 사냥꾼과 그녀

의 사냥감이 둘 다 왜 그렇게 움직이고 있는지를 다른 사람들로부터 숨겨야하

기 때문에, 더 재미있다. 차터리스가 먼저 계단 쪽 문으로 향한다. 줄리아는 즉

시 물러서서 그의 통로를 막는다. 그가 정반대로 서적 진열대로 돌아나가, 그

걸 빙빙 돌려놓고 다른 문을 향해 나가자, 줄리아는 가로질러 그를 쫓는다. 그

는 막 탈출에 성공하는 듯 했으나 돌아오던 커스버트슨에 의해 막힌다. 그는

돌아서서, 줄리아가 그에게 다가오는 걸 본다. 더 이상 갈 데가 없자 그는 입센

흉상의 왼쪽 구석진 공간으로 달아난다.

커스버트슨   안녕, 크레이븐양. [그들은 악수한다] 점심 식사 같이 하지. 파

라모어도 온다네.

줄리아   감사합니다. 그러면 좋겠네요. [그녀는 목표를 상실한 후유증으로

구석진 공간을 향하여 거닌다. 구석진 공간에 거의 갇힌 듯 숨어 있던 차터

리스가 난로 망을 지나 맞은편 구석으로 횡단하여, 요란한 소리를 내며 난로

용 도구를 두드린다]

크레이븐   [돌고 있는 책장으로 가서 그걸 멈추게 하고] 도대체 여기서 뭘 하고

있는 건가, 차터리스?

차터리스　아무것도 아닙니다. 이 방이 돌아다니기에 좀 엉망이네요.

줄리아　[심술궂게] 그래요. 그렇죠? [그녀가 계단 쪽 문을 막아서려고 하는데 커스버트슨이 그녀에게 팔을 내민다]

커스버트슨　같이 내려갈까?

줄리아　아뇨, 정말로요. 어떤 식으로든 여성이라고 돌봐주면 클럽 규칙에 어긋나는 것을 아시잖아요. 누가 됐든 문에서 가장 가까운 사람부터 나가면 돼요.

커스버트슨　오, 그렇지, 정 그렇다면. 자, 신사여러분. 입센 방식으로 점심을 하러 갑시다. 성구별 없는 방식으로. [그가 돌아서 나가고, 가장 정중한, 진찰실에서 짓는 미소를 머금은 파라모어가 그를 뒤따르며, 크레이븐이 마지막으로 나간다]

크레이븐　[문간에서, 우울하게] 가자, 줄리아.

줄리아　[애정을 드러내며] 네, 아빠, 금방 갈게요. 절 기다리지 마세요. 잠시 후에 갈게요. [대령은 머뭇거린다] 괜찮아요, 아빠.

크레이븐　[아주 우울하게] 너무 오래 있진 말아라, 얘야. [나간다]

차터리스　나도 가야지. [계단 쪽 문으로 돌진한다]

줄리아　[달려가 그의 양 손목을 붙잡고] 같이 안 가요?

차터리스　아니. 손을 놓아, 줄리아. [벗어나려 한다. 그녀는 그를 잡는다] 놔주지 않으면, 소리를 질러 도움을 청할 거야.

줄리아　[책망하며] 레오나드! [그는 그녀에게서 떨어진다] 오, 어쩌면 그럴 수가 있어요, 차터리스! 내 편지를 받았나요?

차터리스   태워버렸어―

줄리아는 돌아선다, 마음 속 깊이 상처를 입어, 양손에 얼굴을 묻는다.

차터리스   [계속해서]―그녀의 편지도 태웠어.

줄리아   [재빨리 다시 돌아서며] 그녀의 편지도요! 그녀도 편지를 썼나
           요?

차터리스   그래. 당신 때문에 나와 헤어지자고.

줄리아   [눈이 빛나며] 아!

차터리스   기쁘겠군. 치사하게! 이젠 당신을 존중하는 마음은 한 조
           각도 남지 않았어. [그는 가려고 돌아서다 돌아오는 실비아와 마주친
           다. 줄리아는 돌아서서 테이블에서 집은 신문을 읽는 척하며 서있다]

실비아   [스스럼없이] 안녕하세요, 차터리스! 어떻게 지내세요? [그녀는
           그의 팔을 다정하게 붙잡고 그와 함께 걸어온다] 오늘 아침에 그레이
           스 트랜필드를 보셨나요? [줄리아는 신문을 떨어뜨리고 듣기 위해
           한 발짝 다가선다] 대체로 그녀가 어디 있는지 아시지요?

차터리스   더 이상 몰라, 실비아. 나와 다퉜지.

실비아   실비아라니요! 클럽에선 제가 실비아가 아니라고 몇 번을
           말했죠?

차터리스   잊어버렸어. 미안해, 크레이븐, 오랜 친구. [그녀의 어깨를 치
           며]

실비아   그게 나아요. 좀 지나치긴 했지만, 그래도 그게 나아요.

줄리아	바보처럼 굴지 마라, 실리(Silly)야.
실비아	기억해, 언니, 제발, 우린 이 클럽 안에서는 자매가 아니라 그냥 회원일 뿐이란 걸. 가족 관계를 바탕으로 한 자유는 받아들이지 않겠어. 나에게 그럴 생각은 마. [긴 안락의자로 가서 전에 앉았던 자리를 차지하고 앉는다]
차터리스	좋아, 크레이븐. 언니의 폭정을 타도하라고!
줄리아	레오나드, 심지어 나까지 희생시켜 가면서 어린 아이[실비애]가 터무니없는 짓을 하도록 해야겠어요?
차터리스	[테이블 끝에 앉으며] 점심이 식겠어, 줄리아.

줄리아가 그의 말을 사납게 비꼬려고 하는데 커스버트슨이 식당 문에서 다시 나타난다.

커스버트슨	크레이븐양 무슨 일이야? 아버지의 심기가 불편해지고 있어. 우리 모두 아가씨를 기다리고 있어.
줄리아	또 알려 주시는군요, 감사합니다. [그녀는 화가 나서 그를 지나쳐 가고, 실비아는 돌아앉아 쳐다본다]
커스버트슨	[먼저 그녀의 뒷모습을 보고, 이어서 차터리스를 본다] 신경쇠약이 더 해가는구먼! [그녀를 따라 나간다]
실비아	[긴 안락의자에 뛰어올라 무릎을 대고 앉으며, 등받이 위로 기대고 말한다] 무슨 일이에요, 차터리스? 언니가 선생님을 사랑한데요?

차터리스 [어깨너머로 그녀에게] 아니. 그레이스를 질투하고 있어.

실비아 당연하죠. 선생님은 바람피우는 건 아주 끝내주잖아요.

차터리스 [차분하게] 거의 실비아 아버지 나이뻘 되는 사람에게 그렇
게 말하는 것이 이 클럽의 예의인가?

실비아 [아는 척하며] 오, 안다고요.

차터리스 그럼 내가 어떤 여자에게도 특별한 관심을 표명하지 않는
것도 알겠군.

실비아 [생각에 잠겨] 레오나드, 선생님을 정말 믿어요. 한 여자에게
다른 여자보다 더한 관심을 보여주진 않죠.

차터리스 한 여자에게 다른 여자보다 관심을 덜 보여주진 않는다는
거겠지.

실비아 그게 더 안 좋아요. 그렇지만 제가 말하는 건 선생님은 그
들이 여성이란 것에 결코 신경 쓰지 않는다는 거예요. 선
생님은 그들에게 저나 다른 사람에게 말하는 것처럼 대하
죠. 그게 선생님의 성공 비결이에요. 선생님은 그들이 성
때문에 대우를 받는 걸 얼마나 불쾌하게 생각하는지를 알
고 있지요.

차터리스 아, 줄리아도 실비아 같은 지혜를 갖고 있다면, 크레이브!
[그는 한숨을 쉬며 테이블에서 내려와 생각에 잠겨 계단사다리에 자리 잡고
앉는다]

실비아 언니는 쉽게 뭘 받아들이지 않아요, 그렇죠? 언니의 가슴

을 아프게 하는 걸 걱정하고 있지 않나요. 언니는 작은 슬
픔들은 잘 극복해요. 집에 큰 슬픔이 찾아왔을 때 그걸 알
았죠.

차터리스   큰 슬픔이 뭔데?

실비아   불쌍한 아빠가 파라모어 병에 걸렸다는 걸 알았을 때죠.

차터리스   파라모어 병! 아, 그게 파라모어하고 무슨 상관인데?

실비아   오, 그가 그 병에 걸린 게 아니고, 그가 그 병을 발견했어
요.

차터리스   그 간에 관련된?

실비아   그래요. 알다시피, 그래서 파라모어가 유명해졌죠. 아빠는
가끔 좋지 않았어요. 그렇지만 우리는 그 원인이 그가 인
도에서 근무했던 것과, 그의 과식과 과음 때문이라고 생각
했죠. 아빠 당시에 음식을 막 해치우곤 하셨어요. 의사들
은 그의 잘못이 무엇인지를 결코 알지 못했는데, 파라모어
가 그 끔찍한 작은 미생물들을 그의 간에서 발견해 냈지
요. 간의 1평방 인치마다 4천만 마리의 미생물들이 있어
요. 파라모어가 처음 발견했어요. 그리고 이제 그는 모든
사람들이 백신뿐만 아니라 예방주사를 맞아야 한다고 주
장하고 있어요. 그렇지만 불쌍한 아빠에겐 너무 늦었어요.
그들이 할 수 있는 것은 엄격한 식이요법으로 생명을 2년
연장시키는 것뿐이었죠. 불쌍한 아빠! 술을 끊어야만 했고,

고기 먹는 것도 허용되지 않죠.

차터리스　실비아 아버지는 내가 보기엔 상당히 건강해 보이시던데.

실비아　그래요. 전엔 훨씬 좋았다고 생각하시면 될 거예요. 그런데 그 미생물들이 천천히, 하지만 분명히 활동하고 있어요. 한 해가 지나면 다 끝나겠지요. 불쌍한 우리 아빠! 이런 식으로 아빠에 대해 이야기하면 몰인정한 거죠. 제대로 앉아야지. [그녀는 긴 안락의자에서 내려와 서적 진열대 가까운 곳의 의자에 앉는다] 아빠가 영구히 사셔서 파라모아의 잘난 채를 막아버려야 하는데. 난 그가 언니와 사랑에 빠졌다고 생각해요.

차터리스　[흥분해서 뛰어오르며] 줄리아와 사랑에? 갑자기 희망의 서광이 비치는군! 그게 정말이야?

실비아　정말이라고 생각해야 하겠죠. 왜 선생님은 그가 오늘 환자는 돌보지 않고 멋진 새 코트와 타이를 하고 클럽을 어슬렁거린다고 생각하세요? 언니와 점심을 하는 걸로 마무리될 걸요. 그는 사람들이 돌아오기 전에 아빠의 동의를 구할 거예요. 선생님이 좋아하는 것 뭐든 걸면, 그가 그럴 거라는 것에 3:1로 내기를 하겠어요.

차터리스　장갑?

실비아　아뇨. 담배.

차터리스　좋아! 헌데 그에 대한 그녀의 생각은 어떨까? 그에게 용기를 줄까?

실비아 오, 늘 그렇죠. 다른 여자가 그에게 관심을 갖지 못하도록 할 만큼만.

차터리스 바로 그거라니까. 이제 알겠어. 자 내 말 들어봐. 철학자로서 이야기 할 테니까. 줄리아는 모든 사람을 질투하지. 만약 그녀는 실비아가 파라모어하고 사귀는 것을 알게 되면, 곧바로 그에게 가치를 부여하기 시작할 테지. 실비아가 약간 연극을 하면 어떨까, 크레이븐, 날 위해서. 응?

실비아 [일어서며] 정말 끔찍하군요, 레오나드. 창피한 줄 아세요! 하지만, 동료 입센주의자를 구제해야하니까. 아저씨의 태도는 기억해 두겠어요. 내 생각은, 그레이스에게 그 일을 시킨다면 효과가 더 있을걸요.

차터리스 그렇게 생각해? 흠! 실비아가 맞을 것 같군.

시동 [전처럼 밖에서] 파라모어 박사님, 파라모어 박사님, 파라모어 ―

실비아 저 시동 목소리는 좀 가다듬어야겠어요. 클럽의 수치예요.
[그녀는 입센 흉상의 왼쪽의 구석으로 간다]

시동이 「더 브리티쉬 메디컬 저널」을 가지고 들어온다.

차터리스 [시동을 부르며] 파라모어 박사님은 식당에 계신다.

시동　　　고맙습니다, 선생님. [그가 식당으로 들어가려고 하는데 실비아가 급히 다가선다]

실비아　　애. 이 신문 어디로 가져가는 거지? 클럽 소유인데.

시동　　　파라모어 박사님이 특별히 주문한 건데요, 아가씨. 「더 브리티쉬 메디컬 저널」은 도착하면 항상 박사님에게 직접 배달되지요.

실비아　　뻔뻔하기는! 차터리스. 원칙에 입각해서 이런 일을 못하게 해야지요?

차터리스　　그렇지 않아. 내가 알기론 원칙 운운하다가는 큰 코 다치기 쉬워.

실비아　　입센이고 뭐고! 다 허튼 소리!

차터리스　　[시동에게] 얘야, 가 보거라. 파라모어 박사는 기대에 차서 숨도 못 쉬고 기다리고 있을 거야.

시동　　　[심각하게] 정말입니까, 선생님? [서둘러 나간다]

차터리스　　저 소년은 이 나라에서 성공할 거야. 유머감각이라고는 없으니.

그레이스가 들어온다. 그녀의 옷은 매우 편하고 일하기 좋은 옷으로, 그녀가 만족하고 패션에는 전혀 상관없이 그녀의 목적에 부합하도록 만들어졌지만, 그녀의 개인적 우아함을 위한 사려 깊은 관심을 결코 배제한 것은 아니다. 그녀는 바쁜 것이 습관이 된 여자처럼 활발하게 들어온다.

실비아 　[그녀에게 달려가며] 이제야 오셨네요, 트랜필드, 노파씨. 계속

기다렸어요. 배가 고파 죽을 지경이에요.

그레이스 　알았어. [차터리스에게] 내 편지 받았어요?

차터리스 　그래요. 그 놈의 파란색 편지와 카드를 합성해서 쓰지 않

기를 바랐는데.

실비아 　[그레이스에게] 제가 먼저 내려가서 자리를 잡을까요?

차터리스 　[말이 끝나기도 전에] 그러라고, 영감님.

실비아 　너무 오래 끌진 말아요. [그녀는 식당으로 간다]

그레이스 　자?

차터리스 　지난 밤 이후로 당신과 얼굴을 마주치는 게 두려워요. 이

보다 더 끔찍한 장면을 생각할 수 있겠어요? 그 이후로 날

보는 게 싫어졌어요?

그레이스 　아, 아녜요.

차터리스 　그럼 싫어져야죠. 어휴! 그건 끔찍했어요. 모욕이었지요.

잔학 행위. 당신을 행복하게 해 주려던 내 모든 계획의 멋

진 종말이었소. 내가 자기들을 형편없이 만들었다고 욕을

해대는 모든 여자들과는 다르게 당신을 대하려고 했는데!

그레이스 　[차분하게 앉으며] 기분이 전혀 비참하지 않아요. 미안해요. 하

지만 내 마음을 아프게 하고 싶진 않았어요.

차터리스 　아니오. 당신은 순종하는 마음의 소유자요. 고통을 당해도

소리 지르거나 울지 않지. 그래서 나하고 어울리는 유일한

여성이기도 하고.

그레이스 [머리를 흔들며] 이젠 아니에요. 더 이상은 절대로.

차터리스 절대로! 그게 무슨 말이오?

그레이스 말한 그대로예요, 레오나드.

차터리스 또 날 버린단 말이오. 내가 사랑하는 여인의 변덕스러움은 나를 사랑하는 여자들의 지긋지긋함과 비견될 만하군. 자, 자! 알겠소, 그레이스. 당신은 어젯밤의 그 끔찍한 장면들을 있을 수 없지요. 이틀 전에도 내가 그녀에게 키스를 했다고 그녀가 말하는 소릴 상상해 보시오.

그레이스 [갈망하며 일어서며] 그게 사실이 아니에요?

차터리스 사실! 아니오. 터무니없는 거짓이라오.

그레이스 오, 참 기쁘군요. 정말 내 마음을 아프게 한 건 그 일뿐이었는데.

차터리스 그래서 그녀가 그런 이야길 했군요. 당신이 신경을 써주다니 얼마나 사랑스러운지! 내 사랑. [그는 그녀의 손을 잡고 그의 가슴에 대고 누른다]

그레이스 잊지 마세요! 다 끝났어요.

차터리스 아 그렇죠. 당신의 두 손 안에 내 마음이 있어요. 그걸 부숴 버려요. 내 행복을 창밖으로 던져버려요.

그레이스 오. 레오나드. 정말 당신의 행복이 내 손에 달려있나요?

차터리스 [부드럽게] 틀림없어요. [그녀의 얼굴에 기쁨의 빛이 스친다. 그 장면을 보고 그는 급변한다. 움츠러들어 그녀의 손을 놓고 외치며] 아 아니오. 내가 왜 당신에게 거짓말을 하지? [팔짱을 끼고 단호히 덧붙인다] 내 행복은 그 누구도 아닌 내 손에 달려 있소. 당신 없이도 할 수 있어요.

그레이스　[신경질이 나서] 그럼 그렇게 하세요. 사실을 말해줘서 고마워요. 이젠 내가 당신에게 사실을 말할 차례군요.

차터리스　[두려워하며 팔짱을 풀고] 안돼요, 제발. 그러지 마시오. 철학자로서 다른 사람에게 진실을 말하는 것은 내 몫이오. 하지만 다른 사람들이 그러면 안 되지. 난 싫어요. 진실이 마음을 아프게 하니까.

그레이스　[조용히] 내가 당신을 사랑한다고 말하려던 것뿐이어요.

차터리스　아! 그건 철학적 진실이 아니오. 당신이 원하는 만큼 말을 많이 해도 좋아요. [그는 팔로 그녀를 안는다]

그레이스　그래요, 레오나드. 하지만 난 진보적인 여자에요. [그는 하고 싶은 말을 참고 실망해서 그녀를 본다] 난 아버지가 말하는 바로 그 신여성이에요. [그는 그녀를 놓고 빤히 쳐다본다] 난 당신의 모든 생각에 아주 동의해요.

차터리스　[아연실색하며] 존중할만한 여인의 멋진 말이오! 부끄러운 줄 알아야 해요.

그레이스　당신은 아닐지 모르지만 나 역시 당신의 생각을 아주 진지하게 생각하고 있어요. 그래서 난 내가 너무 사랑하는 남자와는 결혼하지 않기로 했어요. 그러면 그 남자에 대해 너무 많은 특권을 부여하게 되겠죠. 그럼 나는 전적으로 그의 힘에 휘둘리게 되고요. 그게 바로 신여성이죠. 그렇지 않아요, 철학자 선생님?

차터리스 철학자와 남자의 투쟁은 두려운 것이오, 그레이스. 하지만 철학자는 당신이 옳다고 말하지.

그레이스 내가 옳다는 것을 알아요. 그래서 우리는 헤어져야 하지요.

차터리스 전혀 그렇지 않소. 그러면 당신은 다른 누군가와 결혼해야 하지. 그리고 내가 다시 찾아와 당신을 유혹할 거요.

실비아가 들어온다.

실비아 [문을 연 채로] 오, 이봐요. 가시게요. 배가 고파 죽을 지경이에요.

차터리스 나도 그래. 괜찮으면 같이 식사하고 싶은데.

실비아 그러시죠. 스프를 3인분 주문했지요. [그레이스가 나간다. 실비아는 차터리스에게 말한다] 우리 자리에서 파라모어를 볼 수 있어요. 그는 「더 브리티쉬 메디컬 저널」을 읽고 있는 척하지만, 실제론 말하려고 기회를 보고 있지요. 그는 신경이 쓰여서 얼굴이 녹색이 되었어요. [나간다]

차터리스   그에게 행운이 있기를! [따라 나간다]

서재는 10분 동안 비어있다. 그 때, 화가 나서 기분이 비참한 줄리아가 식당으로부터 들어오고, 크레이븐이 뒤따라 온다. 줄리아는 고통스러워하며 방을 가로질러 의자에 몸을 던진다.

크레이븐   [참지 못하고] 무슨 일이냐? 오늘 모두들 실성을 했나? 식사하다 말고 갑자기 일어서서 그렇게 휙 가버리다니 무슨 생각으로 그런 거니? 파라모어는 신문만 읽고 말을 걸어도 대답을 않으니 어찌 된 거냐? [줄리아는 괴로워서 몸을 비튼다] 자자 [부드럽게] 귀여운 딸이 아빠에게 하듯이, 뭐가─[성마르게] 도대체 뭐가 모두에게 잘못되었는지 이야기를 해 줘야지. 커스버트슨이 오기 전에 어서 몸을 추슬러라, 줄리아. 그는 지금 식대를 계산하고 계셔. 곧 오실 거다.

줄리아   더 이상은 참을 수 없어요. 오, 식사 도중 그들이 거기에 함께 앉아서 웃고, 잡담하며 나를 바보 취급하는 것을! 한순간 소리를 지르며 나와버렸어야 했는데. 칼을 가지고 그녀를 죽여버려야 했는데. 그리고 난─

커스버트슨이 계산서를 조끼주머니에 쑤셔 넣으며 들어온다. 들어오면서 말하기 시작한다.

커스버트슨 점심 식사가 형편없었을까봐 걱정이네, 댄. 자네가 콩 몇
개와 소다수를 드는 것을 보고 가슴이 아팠어. 그걸 먹고
어떻게 사나!

줄리아 커스버트슨씨, 아빠는 그런 것만 드세요. 그걸 왈가왈부하
는 걸 싫어하세요.

크레이븐 파라모어는 어디 있지?

커스버트슨 신문을 읽고 있었네. 같이 가지 않겠느냐고 물었지만 그는
내 말을 듣지 않았어. 뭔가 과학적인 것에 몰입하는 걸 보
면 놀라워. 똑똑한 친구야! 괴물처럼 똑똑해!

크레이븐 [쌀쌀맞게] 오 그래, 매우 그렇지, 조. 하지만 식사하면서 그
러는 건 예의가 아니지. 그는 때로는 작업장을 닫아야 해.
그의 과학이 내가 시한부 인생이라고 선언한 뒤에, 신이
알듯이, 나는 너무 걱정이 돼서 그의 과학을 잊을 수가 없
네. [그는 우울한 태도로 앉는다]

커스버트슨 [동정적으로] 생각하지 말게, 크레이븐. 그가 잘못 생각했을
수도 있어. [그는 깊은 한숨을 내쉬며 자리에 앉는다] 하지만 분명
그는 매우 똑똑한 친구야. 무슨 일에 몰입하기 전에 두 번
생각을 하지.

그들은 우울함에 휩싸여 말없이 앉아있다. 갑자기 파라모어가 「더 브리티쉬
메디컬 저널」을 그의 손에 쥔 채, 창백하고 극도로 혼돈스런 얼굴을 하고 들어

온다. 그들은 놀라서 일어난다. 그는 말을 하려고 하지만 목이 막혀 목을 붙잡고 휘청거린다. 커스버트슨은 재빨리 그의 의자를 가져다 파라모어의 뒤에 놓자 파라모어는 의자에 털썩 주저앉으며, 크레이븐이 오른쪽에, 커스버트슨이 왼쪽에, 줄리아가 뒤에, 다들 그 주위에 몰려든다.

크레이븐 무슨 일인가, 파라모어?

줄리아 어디 아파요?

커스버트슨 나쁜 소식은 아니겠지?

파라모어 [절망적으로] 가장 나쁜 소식입니다! 끔찍한 소식! 치명적인 소식! 내 병이―

크레이븐 [재빨리] 내 병 말인가?

파라모어 [맹렬하게] 내 병 말입니다. 파라모어 병. 제가 발견한 그 병. 제 인생의 역작! 여길 보세요! [그는 끔찍한 유령의 표정으로 신문을 가르킨다] 이게 사실이라면, 그건 전적으로 실수였어요. 그런 병은 없습니다.

커스버트슨과 줄리아는 그 좋은 소식을 거의 믿지 못하겠다는 듯 서로 쳐다본다.

크레이븐 [강하게 항의조로] 그게 나쁜 소식이란 말인가! 이제 정말, 파라모어―

파라모어 [쉰 목소리로 그의 말을 자르며] 대령님이 대령님 자신만 생각하
는 거야 자연스런 일이죠. 뭐라 말 안 하겠습니다. 모든 환
자들은 이기적이죠. 과학적인 사람만이 지금의 저를 이해
할 겁니다. [참을 수 없는 권리 침해를 느끼며] 다 사악할 정도로
감상주의에 빠진 이 나라의 법 때문이에요. 실험을 충분히
할 수가 없었죠. 개 세 마리와 원숭이 한 마리가 다예요.
전 유럽의 제 전문 경쟁자들을 생각해 보세요. 그들은 제
가 틀렸다는 걸 증명하려고 다들 혈안이 되어있는데! 프랑
스엔 자유가 있어요. 개화된 공화국 프랑스! 제 이론이 틀
렸다는 걸 증명하려고 한 프랑스인이 200마리의 원숭이에
게 실험을 했어요. 다른 작자는 그 원숭이 실험을 뒤집으
려고 36파운드를—한 마리당 3프랑 하는 개 300마리—
썼답니다. 세 번째 친구는 낙타의 간의 온도를 영하 60도
로 내리는 단 한 번의 실험으로 그 둘의 실험을 뒤집었죠.
그리고 지금 저를 망친 이 저주스러운 이탈리아 작자가 나
타났지요. 그는 이탈리아에서 가장 큰 병원을 운영하는 것
외에도 국가에서 원조를 받아 동물들을 살 수 있어요. [절망
적인 결심을 하며] 하지만 어떤 이탈리아 사람에게도 물러서지
않을 겁니다. 직접 이탈리아로 가겠어요. 제 병을 재발견
하겠습니다. 존재합니다. 느낄 수 있습니다. 간이 있는 모
든 동물에게 실험을 해야 한다면 그걸 증명해 보이겠습니

다. [그는 팔짱을 끼고 거칠게 숨을 쉰다]

크레이븐　[모욕감이 생기며] 파라모어, 자네가 나에게 한 사형선고가 자네 생각이란 말인가! 그래, 죽음! 세 마리 개와 한 마리 지옥 같은 원숭이 덕에?

파라모어　[크레이븐의 좁은 개인적 견해에 분명한 경멸을 표하며] 그렇습니다. 제가 허가받은 동물은 그게 다였죠.

크레이븐　이봐, 파라모어, 맹세코 짜증이 나네. 불친절하게 대할 생각은 없지만 정말, 극단적으로 화가 나네. 아니, 빌어먹을, 자네가 한 일이 뭔지 깨닫기나 하는가? 고기와 술을 1년 동안 못 먹게 했지! 나를 여러 사람의 경멸의 대상으로 만들고! 비참한 채식주의자에 절대금주자가 되게 하지 않았나.

파라모어　[일어서며] 그러니까, 대령님은 이제 잃어버린 시간을 보상받으실 수 있어요. [통렬하게 크레이븐에게 신문을 보여주며] 자! 직접 읽으세요. 술에 절인 쇠고기를 먹인 그 낙타는 살이 엄청나게 쪘다는군요. 원하는 대로 음식과 술을 드세요. [아직도 부축 없이는 설 수 없는 상태로, 그는 커스버트슨을 지나 회전 책장으로 가서 등을 돌린 채 거기에 기대어 그의 머리를 손에 파묻고 서 있다]

크레이븐　[툴툴거리며] 오 그래. 자네는 쉽게 말하겠지, 파라모어. 하지만 난 나를 부회장으로 시켜준 인도주의 클럽과 채식주의자 클럽에게 뭐라 말하지?

커스버트슨 [싱긋웃으며] 아하! 그래도 덕도 보았네 그려, 그렇지, 댄?

크레이븐 [따뜻하게] 필요에 의해 덕을 보았지, 조. 누가 뭐라 할 순 없
겠지.

줄리아 [그를 달래며] 자, 아빠, 신경 쓰지 마세요. 식당으로 가서 훌
륭한 비프스테이크를 드세요.

크레이븐 [몸서리치며] 웩! [구슬프게] 아니다. 난 남성의 식욕을 잃었어.
환자용 빵죽을 먹고 살다보니 내 본성이 변했다. [파라모어에
게] 그것이 이 모든 생체해부의 결과네. 말들에게 실험해
보게. 물론 결과는 내가 콩을 먹어야 하는 거겠지.

파라모어 [그의 입장을 바꾸지 않고 짧게] 식이요법이 대령님에게 좋았다
면, 훨씬 더 좋은 일이죠.

크레이븐 [따지며] 다 좋아. 하지만 매우 짜증나는 일이네. 어떤 사람
에게 1년 밖에 더 살지 못한다고 믿도록 하는 것이 얼마나
심각한 일인 줄 자네는 반절도 모르지. 정말 몰라, 파라모
어. 말을 해야겠군. 전혀 쓸모도 없는 유서를 작성했지. 나
와 다툰 많은 사람들과 화해했네. 보통 때 같으면 참을 수
없는 인간들하고 말이야. 난 내가 더 살 줄 알았더라면 절
대 허용하지 않았어야 할 범위까지 내 딸들이 집의 내 주
위에서 지내도록 했지. 수많은 진지한 생각들을 하고 책을
읽고 교회에 더 자주 나갔지. 그리고 이제 그것이 단지 시
간 낭비로 증명되었네. 맹세코, 정말 역겨운 일이었네. 내

가 하고자 했던 것처럼 남자답게 죽겠네.

파라모어 [전처럼] 아마 그러시겠죠. 그것이 대령님에게 어떤 만족을
      준다면 대령님의 심장이 떨리겠죠.

크레이븐 [기분이 상하여] 의사로서의 자네의 말에 내가 더 이상 신뢰를
      느끼지 못한다면, 파라모어, 실례가 되겠지. [파라모어의 눈이
      빛난다. 그는 꼿꼿이 서서 듣는다] 자네가 나에게 사형선고를 했을
      때 나는 꽤 많은 돈을 지불했네. 그리고 지금은 자네가 그
      가치에 해당하는 걸 줬다고 생각한다고 말할 수 없네.

파라모어 [돌아서서 위엄을 갖추고 크레이븐에게] 반박의 여지가 없습니다,
      크레이븐 대령님. 그 돈을 돌려드리겠습니다.

크레이븐 오, 돈 이야기가 아니야. 하지만 자네의 입장을 자각해야
      한다고 생각하네. [파라모어는 뻣뻣하게 돌아선다. 크레이븐은 충동적
      으로 그를 따라가며 뉘우치는 태도로 외치며] 아, 내가 그런 걸 넌지
      시 암시한 것은 고약한 짓이었어. [그는 파라모어에게 손을 내민
      다]

파라모어 [무슨 뜻인지 알고 손을 잡으며] 천만에요. 크레이븐 대령님, 대령
      님이 아주 옳아요. 제 처방은 잘못되었죠. 그리고 저는 그
      결과를 수용하겠습니다.

크레이븐 [그의 손을 잡고] 아니야, 그런 말 말게. 당연한 것이었어. 내
      간의 상태는 오진을 하기에 충분하지. [파라모어가 매우 기분이
      상할 정도로 긴 악수를 한다. 그리고 파라모어는 입센 흉상의 왼쪽 구석으로
      물러가서, 반은 억제된 흐느낌과 함께 긴 안락의자에 몸을 던지고는, 머리를

두 손으로 감싸고 팔꿈치를 무릎에 댄 채 「더 브리티쉬 메디컬 저널」 위로
몸을 구부린다]

커스버트슨　[방의 다른 쪽 구석에서 줄리아와 기뻐하고 있다가] 자, 그 일은 더 이
상 이야기하지 않도록 하세. 축하하네, 크레이븐, 그리고
오래 살길 바라네. [크레이븐이 손을 내민다] 아니야, 댄. 따님부
터 먼저. [그가 부드럽게 줄리아의 손을 잡고 크레이븐에게 인도하자 그녀
는 감성이 복받쳐 크레이븐의 품에 안긴다]

줄리아　사랑하는 아빠!

크레이븐　아, 아빠가 몇 년 더 살게 되어서 줄리아가 기쁘냐?

줄리아　[거의 울며] 오, 정말 기뻐요! 정말 기뻐요!

커스버트슨이 들릴 정도로 흐느낀다. 대령은 감동 받는다. 실비아가 식당으로
부터 안으로 들어서다가 세 사람을 보고 갑자기 문에 멈춰 선다. 파라모어는
구석에서 그녀의 눈길을 피한다.

실비아　안녕하세요!

크레이븐　줄리아야, 동생에게 소식을 말해주렴. 내가 말하면 우스울
거야. [그는 울고 있는 커스버트슨에게 가서 위로하듯 그의 어깨를 토닥인
다]

줄리아　실리야. 생각만 해도! 아빠가 전혀 아프시지 않단다. 파라
모어 박사의 실수였던 거야. 아, 세상에! [그녀는 크레이븐의 왼
손을 잡고 몸을 굽혀 키스를 한다. 그의 오른 손은 아직 커스버트슨의 어깨
에 있다]

실비아   [경멸적으로] 나는 알고 있었어. 물론 그건 그냥 과식에서 온

거지. 내가 항상 파라모어는 엉터리라고 말했잖아. [충격이

다. 커스번트슨, 크레이븐, 그리고 줄리아는 실망 속에서 흩어진다]

파라모어   [악의 없이] 신경 쓰지 마, 크레이븐양. 지금 전 유럽에서 다

그렇게 이야기하고 있으니. 신경 쓰지 말라고.

실비아   [약간 무안해하며] 매우 미안해요, 파라모어박사님. 딸의 감정

을 이해해 주세요.

크레이븐   [씩씩거리며] 실비아야, 그게 무슨 상관이냐.

실비아   분명히 말씀드리건대, 전 그 문제에 대해서 감상주의는 싫

어요, 아빠. [크레이븐에게 다가서며] 그 뿐 아니라, 모든 게 말

도 안 된다고 생각했어요. [그를 어루만지며] 불쌍한 아빠! 왜

아빠가 다른 사람들보다 먼저 돌아가신다는 거죠? [그는 누

그러져 그녀의 뺨을 만진다. 줄리아는 참지 못하고 그들로부터 돌아선다]

흡연실로 가시지요. 1년 동안 금주했는데 이젠 뭘 좀 하셔

야죠.

크레이븐   [쾌활하게] 버릇없구나! [그녀의 귀를 잡는다] 가지, 조! 이런 일

을 지나고 보니 한 잔 하면 기분이 더 좋겠구먼.

커스버트슨   물론이지, 댄. 나에겐 좋았거든. [그는 테이블로 가서 벽난로 위에

있는 흉상에 그의 주먹을 흔든다] 당신에게도 좋았을 거야, 당신이

그걸 받아들일 눈과 귀가 있다면.

크레이븐   [놀라서] 누구?

실비아	그야, 물론, 그 헨릭(Henrik) 말이지요.
크레이븐	[어리둥절해 하며] 헨릭?
커스버트슨	[참지 못하고] 입센, 이 사람아. 입센. [그는 계단 쪽 문으로 나간다. 실비아는 따라 나가면서 입센의 흉상에 손 입맞춤을 보낸다. 크레이븐은 공허하게 그녀를, 그리고는 흉상을 물끄러미 바라본다. 그는 문제를 해결할 수 없는 것으로 포기하며, 머리를 흔들고 그들을 따라간다. 문 근처에서, 그는 멈추어, 돌아온다]
크레이븐	[부드럽게] 그런데, 파라모어?
파라모어	[힘들여 정신을 차리며] 네?
크레이븐	내 심장에 대해 말할 때 진정으로 한 거였나?
파라모어	오 아무것도 아니었어요, 아무것도. 약간 이상한 소리가 들렸어요. 아마 승모판이 약간 닳았을 거예요. 하지만 조심하면 더 버틸 수 있을 겁니다. 담배 많이 피우지 마세요.
크레이븐	뭐! 또 금지란 말인가! 이젠 정말, 파라모어, 정말—
파라모어	[정신이 산만하여 일어나며] 실례합니다. 제가 그 주제를 더 이상 왈가왈부 할 수 없는데. 전—전—
줄리아	이젠 그를 괴롭히지 마세요, 아빠.
크레이븐	그래, 그래. 그렇게 하지 않으마. [그는 방의 중간을 불안하게 위 아래로 배회하고 있는 파라모어에게 다가간다] 자, 파라모어! 난 이기적이 아니야, 날 믿게. 자네의 실망을 이해해. 하지만 남자답게 직면해야지. 그리고 결국, 이제 정말로, 이 경우는 현대 과학에 많은 오류가 있다는 걸 보여주지 않았나? 우리

끼리 이야기지만, 자네도 알다시피, 그건 정말 잔인한 일이야. 낙타들과 원숭이들을 갈기갈기 찢어 학대하는 건 정말 역겨운 일이지. 조만간 모든 보다 고결한 감정들이 무디어질 것이네.

파라모어   [그에게 돌아서며] 크레이븐 대령님, 대령님이 빅토리아 십자 훈장을 받은 그 수단 전투에서는 얼마나 많은 낙타와 말과 사람들이 찢겼습니까?

크레이븐   [타오르며] 그건 공정한 전투였어. 매우 다른 일이야, 파라모어.

파라모어   그렇죠. 벌거벗은 채 창을 든 사람에게 마티니[진과 베르무트를 섞은 칵테일]를 마시고 기관총을 쏴대지요.

크레이븐   [뜨겁게] 그 벌거벗은 채 창을 든 사람이 사람을 죽이네, 파라모어. 난 내 목숨을 내놓고 그 일을 했네. 그걸 잊지 마.

파라모어   [지지 않고] 그리고 모든 의사들이 그 어떤 군인보다도 더 자주 그렇듯, 전 제 삶을 걸었죠.

크레이븐   [훌륭하게] 사실이야. 그 생각을 못했네. 미안하네, 파라모어. 자네의 직업에 대해 결코 다른 말을 하지 않겠어. 하지만 내가 옛날에 하던 방식대로 내 간을 흔들기 식으로 치료하게 놔두게나. 사냥개들을 데리고 들판을 멋지게 달리는 거야.

파라모어   [심한 반어로] 그게 더 잔인하지 않습니까? 개 여러 마리로 여우 한 마리를 찢어 죽이는 게?

줄리아　[둘 사이를 구슬리며 나선다] 오 제발 또 다시 논쟁하지 마세요. 흡연실로 가요, 아빠. 커스버튼씨가 아빠에게 무슨 일이라도 있나 궁금해 할 테니까요.

크레이븐　그래, 그래. 가마. 하지만 파라모어, 자네가 훌륭한 스포츠에 대해서 그런 식으로 말하다니 오늘 정말 이상하군.

줄리아　쉬 — 쉬 [그를 달래서 문 쪽으로 데리고 간다]

크레이븐　자, 그럼, 난 가네. [그는 줄리아에 이끌려 쾌활하게 나간다]

줄리아　[문에서 최고의 매력적인 태도로 돌아서며] 그렇게 실망하지 마세요, 파라모어 박사님. 힘내세요. 우리에게 정말 잘 대해 주셨잖아요. 아빠에게도 잘 해주셨고.

파라모어　[기뻐서, 그녀에게 달려가며] 내게 그런 말을 해 주시다니 정말 아름다우십니다, 크레이븐양!

줄리아　누구든 불행한 걸 보고 싶어 하지 않아요. 전 불행을 참지 못하거든요. [그녀는 날아가듯 나가며 그에게 마지막 눈길을 보내고 달려 나간다]

파라모어는 황홀하게 서서 유리문을 통해 그녀를 본다. 그렇게 몰입해 있는데 차터리스가 식당으로부터 들어와 그의 팔을 잡는다.

파라모어　[흠칫 놀라며] 에? 무슨 일이에요?

차터리스　[심각하게] 파라모어, 그녀가 참 매력적이지 않나요? [그를 존

경스럽게 돌아보며] 어떻게 그녀를 사로잡았지요?

파라모어　내가! 정말 무슨 소린지─[그를 쳐다보고 나서 자신을 추스르며, 차

갑게 덧붙인다] 실례합니다. 농담할 주제가 아닌 것 같군요.

[그는 차터리스에게서 멀어지며 가까운 안락의자에 앉아 더 이상 대화를 하

고 싶지 않다는 의도로 저널을 읽는다]

차터리스　[그 태도를 무시하며, 그 옆에 차분하게 앉는다] 파라모어, 왜 결혼을

하지 않습니까? 의사가 결혼을 안 한다면 참 한심한 일 아

니오.

파라모어　[짧게, 여전히 읽는 척하며] 그건 내 일이지, 당신 일이 아닙니다.

차터리스　천만에요. 아주 중요한 사회 문젭니다. 결혼을 하실 거죠?

파라모어　생각도 안 해 봤습니다.

차터리스　[놀라서] 안 돼요! 그런 말 마세요. 왜요?

파라모어　[화가 나서 일어서며 정숙이라고 쓰여 있는 벽보들 가운에 하나를 두드리며]

이거 안보이세요. [그는 방을 가로질러 회전식 서적 진열대 근처의 안

락의자로 걸어가 확실한 적의를 품고 의자에 몸을 던진다]

차터리스　[너무 많은 신경이 쓰여 그 묵살을 상관하지 않을 수 가 없어서, 그를 따라가

며] 파라모어. 내가 말할 수 있는 것보다 더 나를 놀라게

하는군요. 어쩌면 당신이 이 일을 그르치고 있는 거요. 당

신이 행복한, 인정받은 구혼자가 될 것으로 기대가 컸는

데.

파라모어　[화가 나서] 그렇소, 당신 자신도 크레이븐양을 존경하기 때

문에 나를 지켜봐 왔던 거지요. 자, 가서 승리하세요. 내가
망했다는 소식을 들으면 기쁠 거요.

차터리스　당신이! 망했다고! 어떻게요? 경마 말이오?

파라모어　[경멸하듯] 경마라고! 물론 경마는 아니오.

차터리스　파라모어. 내가 할 수 있는 모든 대출금이 당신의 어려움
을 돕는데 필요하다면 요구하기만 하시오.

파라모어　[놀라서 일어서며] 차터리스! 난ㅡ[의심스러운 듯] 농담하는 거
요?

차터리스　왜 도대체 당신은 내가 항상 농담한다고 의심을 하세요?
내 평생 결코 이보다 더 진지한 적이 없는데.

파라모어　[차터리스의 야량에 부끄러움을 느끼며] 그러면 실례했습니다. 그
소식에 당신이 즐거워 할 줄 알았는데.

차터리스　[그의 호감이 이런 부당한 대우를 받은 데 항의하며] 이봐요!

파라모어　내가 잘못했단 걸 알았습니다. 정말 미안해요. [서로 악수한
다] 그리고 이제 사실을 아는 편이 좋겠어요. 클럽에서 수
군거려 알기보다는 내가 직접 이야기하는 편이 좋겠습니
다. 내가 발견한 간질환이ㅡ에ㅡ에ㅡ[그는 그걸 말할 정도로
자신을 추스르지 못한다]

차터리스　[말을 도우며] 확인되었다? [슬프게] 알겠소. 가련한 대령이 드
디어.

파라모어　아니오. 반대로. 그것이ㅡ에ㅡ그것에 대한 이의가 제기되

었어요. 대령은 이제 자신의 건강이 아주 완벽하게 좋다고 생각해요. 크레이븐 가문과의 좋았던 관계는 완전히 끝이오.

차터리스　누가 그에게 그 이야길 했죠?

파라모어　물론, 내가 이 저널의 기사를 읽고 했지요. [그는 저널을 보여주고 그걸 서적 진열대에 올려놓는다]

차터리스　아니, 이봐요, 당신은 기쁜 소식의 전달자가 되었는데! 그를 축하해 주지 않았소?

파라모어　[아연실색하며] 그를 축하한다! 지난 3백년간 병리학이 받아온 타격 중 최악의 타격에 대해 그 분을 축하하다니요!

차터리스　아니오, 아니오, 아니오. 그 가 목숨을 구한 걸 축하한단 말이오. 줄리아에게 그의 아버지가 더 살 수 있게 되어 축하한단 말이오. 당신의 삶에서 가장 훌륭한 희망이 자리한 가정에 행복을 회복하게 하는 즐거움에 비하면, 당신의 발견이나 명성은 아무것도 아니라고 맹세를 하시오. 빌어먹을, 이봐요, 당신이 이런 시시한 방식대로 해서 상황들을 여자와 관련하여 활용할 수 없다면 절대 결혼을 못할 거요.

파라모어　[근엄하게] 실례해요. 하지만 내 자존심이 나에겐 크레이븐 양보다 더 중요해요. 개인적인 이득을 위해 과학적 질문들을 소홀히 할 수 없어요. [그는 차갑게 돌아선다, 그리고 테이블로 간다]

차터리스 　이런, 졌소이다! 과학이란 게 참 따로 논다니까. 그리고 과
학적 양심이 바로 그 악마요. [그는 파라모어를 따라가, 친근하게
어깨동무를 하고, 말하면서 그를 다시 데리고 돌아온다] 자 보세요, 파
라모어. 그런 의미에서 난 양심이라곤 전혀 없소. 나는 이
상주의의 모든 덫을 싫어하듯 양심을 싫어해요. 하지만 나
는 공통적인 인간성과 상식이 있어요. [그는 그를 다시 안락의자
에 앉히고 반대편에 앉는다] 자! 뭐가 진정으로 과학적인 이론인
가요? 참된 이론, 그렇잖아요?

파라모어 　틀림없어요.

차터리스 　예를 들어, 당신은 크레이븐의 간에 대한 이론이 있지요,
안 그래요?

파라모어 　나는 아직도 그것이 참된 이론이라고 믿고 있어요, 잠시
뒤집어지긴 했어도.

차터리스 　그리고 줄리아와 결혼하면 행복하리란 이론을 갖고 있지
요?

파라모어 　그럴 겁니다. 어느 정도는.

차터리스 　그 이론도 또한 당신이 아마 한 살 더 먹기 전에 뒤집어
질 거요.

파라모어 　항상 냉소적이군요, 차터리스.

차터리스 　신경 쓰지 마세요. 이제 당신이 당신의 간 이론이 사실이
길 희망한다면 결국 크레이븐이 고통스럽게 죽기를 바란

다는 것과 진배없으니 비난받아 마땅할 일이오.

파라모어　그리고 항상 역설적이군요. 차터리스.

차터리스　자, 적어도 당신은, 당신의 줄리아에 관한 이론이 맞기를 바란다는 것이 그녀가 그 후 쭉 행복하게 살기를 바라는 것이기 때문에, 그것이 사랑스럽고 인간적이란 걸 인정할 거요.

파라모어　혼신의 힘을 다하여 그걸 바라죠 ─ [정정하며] 모든 나의 희망의 기능으로.

차터리스　그럼, 두 가지 이론 모두 과학적인데, 인간적인 사람으로서, 비난받을 이론보다는 사랑스런 이론이 옳다는 걸 증명하기 위해 헌신하는 게 어때요?

파라모어　하지만 어떻게?

차터리스　내가 말해 드리리다. 당신은 내가 줄리아를 좋아하는 걸로 생각해요. 그렇긴 하죠. 하지만 그럼 난 모든 사람을 좋아하죠. 그래서 난 중요하지 않아요. 더욱이, 당신이 그녀에게 그녀가 날 사랑하는지 여부를 묻는 과학적인 실험을 한다면, 그녀는 나를 싫어하고 경멸한다고 당신에게 말할 겁니다. 그래서 난 경주를 못하죠. 그럼에도 불구하고, 당신처럼, 나는 그녀가 내 ─ 당신이 뭐라고 했죠? ─ 혼신의 힘을 다해 행복하길 바랍니다.

파라모어　[참지 못하고] 오, 계속하세요, 계속. 말하던 걸 끝내세요.

차터리스   [갑자기 무관심한 자세로, 무심코 일어서며] 내가 뭘 더 말하려고 했
          는지 모르겠소. 내가 당신이라면 크레이븐 가족을 초대해
          서 차 대접이라도 하며 대령님이 그 끔찍스런 병에서 벗어
          난 걸 축하 하겠어요. 그런데, 그게 「더 브리티쉬 메디컬
          저널」에 나왔다니, 어떻게 당신의 이론을 뒤엎는지 한 번
          봐야겠습니다.

파라모어   [같이 일어서며 움찔해서] 오, 그러세요, 보고 싶으면. 이견이 없
          습니다. [그는 서적 진열대에서 저널을 꺼낸다] 이탈리아의 실험들
          이 내 이론을 명백히 뒤집었습니다. 하지만 그건 의심의
          여지가—극도로 의심의 여지가—어떤 것이 동물에 대한
          실험들로 증명될 수 있는 건지, 없는 건지의 여지가—있
          다는 걸 기억하세요. [그는 그 저널을 차터리스에게 건넨다]

차터리스   [받아 들며] 그게 중요한 게 아니에요. 실험은 안 하는 게 좋
          아요. [그는 입센의 흉상 오른 쪽 구석으로 물러나, 지나가면서 발판사다리
          를 가져다가, 벽난로 구석으로 그의 등을 하고 저널을 읽기 위해 안락의자에
          자리를 잡으면서 다리를 올려놓을 수 있도록 그것을 배치한다]

파라모어가 식당 문 쪽으로 가서 서재를 막 떠나려고 하는데 그레이스와 마주
친다.

그레이스   파라모어 박사님, 어떻게 지내세요? 만나서 정말 기쁘네

요. [악수한다]

파라모어 감사합니다. 잘 지내시죠?

그레이스 네, 감사합니다. 일을 너무 과하게 하시나 봐요. 박사님, 우리가 돌봐드려야겠어요.

파라모어 참 친절하시군요.

그레이스 매우 친절한 건 박사님이죠―환자들에게. 자신을 희생하고 계세요. 좀 쉬셔야겠어요. 들어와서 저랑 이야기 좀 할까요? 최근의 과학적 발견과, 요즘 무슨 책들을 읽어야 하는지 말씀해 주세요. 하지만 바쁘실 텐데.

파라모어 아뇨, 전혀 아닙니다. 기쁠 따름이죠. [그들은 입센 흉상의 왼쪽 구석으로 가서, 그곳에 앉아 매우 은밀하게 속삭이며 잡담을 나눈다]

차터리스 모두들 의사를 좋아해! 의사에게 그들이 좋아하는 걸 말할 수 있지. [줄리아가 돌아온다, 하지만 그를 보지 못한다. 그는 사다리에서 발을 떼고 똑바로 앉는다] 휴! [줄리아가 방에서 그가 있는 쪽을 따라 서성이는데, 분명 누군가를 찾고 있다. 차터리스가 살며시 다가간다]

차터리스 [낮은 목소리로] 날 찾아, 줄리아?

줄리아 [심하게 놀라며] 오! 그렇게 놀라게 하면 어떡해요!

차터리스 쉬! 보여줄 게 있어. 보라고! [그는 모퉁이의 남녀를 가리킨다]

줄리아 [질투심에 차서] 저 여자가!

차터리스 내 젊은 여인이 당신의 젊은 남자를 채가고 있어.

줄리아 무슨 말씀예요? 어떻게 그렇게 말할 수가―

차터리스   쉬ー쉬ー쉬! 저들이 듣겠네.

파라모어가 일어선다. 책을 내려놓는다. 그리고 그레이스의 발치에 있는 발 받침대에 앉는다.

줄리아   왜 저렇게들 속삭이고 있죠?

차터리스   그들이 서로 말하는 걸 남들이 듣지 않길 바라니까 그러겠지.

파라모어가 그레이스에게 책의 그림을 보여준다. 그들 둘은 그것에 대해 실컷 웃는다.

줄리아   그가 그녀에게 뭘 보여주고 있는 거죠?

차터리스   아마 간의 도표일 거야. [줄리아는 싫은 기색이 역력하여 모퉁이로 향한다. 차터리스는 그녀의 소맷자락을 붙잡는다] 멈춰. 조심해, 줄리아. [그녀는 그를 안락의자로 밀치고 나간다. 그리고 모퉁이로 가로질러 가서 벽난로 구석에서 그레이스와 파라모어를 내려다보며 서있다]

줄리아   [분노를 억누르며] 아주 흥미로운 책을 찾으셨나 보군요, 파라모어 박사님. [그들은 놀라서 올려다본다] 그게 무슨 책인지 물어도 될까요? [그녀는 재빨리 허리를 굽혀서 파라모어에게서 책을 나꿔챈다. 그리고 그들이 놀라서 일어나는 동안 그것을 보려고 재빨리 테이블로 간다] 좋은 이야기기네! [그녀는 테이블 위에 책을 휙 던지고 차터리스를 지

나 되돌아와서 경멸적으로 소리친다] 바보같으니라구! [그 사이, 파라
모어와 그레이스는 모퉁이에서 나온다. 파라모어는 당황하고, 그레이스는 매
우 단호하다]

차터리스　[안락의자에서 일어나 줄리아의 옆에서] 얼간이! 부인은 이 일 때문
에 당신을 클럽에서 방출할거야.

줄리아　[놀라서] 그녀가 그럴 수 없어요. 그게 가능한 가요?

파라모어　무슨 일입니까, 크레이븐양?

차터리스　[서둘러] 아무 일 아니오. 내 잘 못이오. 엉뚱한 농담을 했더
니. 당신과 트랜필드 부인에게 양해를 구합니다.

그레이스　[단호히] 차터리스씨, 이건 전혀 당신의 잘못이 아니에요. 파
라모어 박사님. 가능하면, 나대신 실비아 크레이븐양을 찾
아 주시겠어요?

파라모어　[머뭇거리며] 하지만—

그레이스　괜찮으시면, 지금 가주셨으면 하는데요.

파라모어　[굴복하며] 그럼요. [그는 인사를 하고 계단 문으로 나간다]

그레이스　차터리스, 그와 같이 가실 거죠.

줄리아　차터리스씨, 부인이 날 모욕하도록 여기 혼자 두진 않겠
죠. [그와 함께 갈 것처럼 그의 팔을 잡는다]

그레이스　이 클럽에서 두 숙녀가 다툴 때, 신사가 참석하여 문제를
해결하는 것은 규칙에 어긋나는 일입니다. 특히 그들이 다
투고 있는 바로 그 신사일 때는. 크레이븐양, 난 아가씨가

그 규칙을 깨기를 원치 않을 것으로 생각하는데. [줄리아는 시무룩하게 챠터리스의 팔을 놓는다. 그레이스는 챠터리스를 향해서 덧붙인다] 자! 빨리 가세요.

챠터리스 물론이오. 물론. [그는 비굴하게 파라모어를 따라간다]

그레이스 [줄리아에게, 차분하고 위압적인 태도로] 자. 나에게 할 말이 뭐지요?

줄리아 [갑자기 비참하게 그레이스의 발에 매달리며] 그를 제게서 빼앗지 마세요. 오 제발—그렇게 잔인하게 굴지 마세요. 그를 제게 돌려주세요. 지금 무슨 일을 하는지 모르시나 본데—우리의 과거가 어떠했는지—제가 얼마나 그를 사랑하는지. 부인은 모르실 거예요—

그레이스 일어나요. 그리고 바보가 되지 말고. 누가 들어와서 아가씨의 그 터무니없는 태도를 본다고 생각해 봐요!

줄리아 전 제가 뭘 하고 있는지도 모르겠어요. 뭘 하든 상관없어요. 전 너무 비참해요. 오, 제 말을 들어줄 건가요?

그레이스 아가씨는 내가 이런 말도 안 되는 소리에 속을 사람으로 생각해요?

줄리아 [일어서서 그녀를 어둡게 쳐다보며] 그럼 그를 데려갈 건가요?

그레이스 그런 식으로 행동해 놓고 나로 하여금 아가씨가 그를 지키도록 돕길 바래요?

줄리아 [그녀의 연극조의 방법을 좀 더 부드러운 형태로 취하며, 비극적 이기보다

이성적이고 충동적으로 온화해지면서] 지난밤에는 제 행동이 옳지
않았어요. 죄송합니다. 제가 미쳤나봐요.

그레이스 조금도 미치지 않았어요. 어디까지 갈 건지 치밀하게 계산
했던 거지. 그가 우리들 사이에 서서 아가씨와 그 장면을
연출할 때, 난 아무 것도 아니었어요. 우리 단둘이 있을
때, 아가씨는 원하는 어떤 걸 얻으려는 천부적인 방식에
의지하지요. 아가씨에게 누가 그걸 줄 때까지 어린애처럼
울어대며.

줄리아 [증오를 숨기지 않고] 부인께서는 이걸 차터리스에게서 배웠지
요.

그레이스 아가씨에게서 배웠어요, 어젯밤에 그리고 지금. 아가씨 같
은 여자를 보면 우리가 얼마나 사악하고 유치한지 같은 여
자라는 게 싫어져요! 아가씨가 남자이고, 그 두 남자들 앞
에서 그런 식으로 행동했다면, 그들은 아가씨를 딱 못 본
척하고 클럽에서 쫓아냈을 거예요. 하지만 아가씨가 단지
여자라는 이유로 그들은 그걸 참고 있는 거지요! 동정하
고! 정중하게! 오, 아가씨가 일말의 자존심이라도 있고, 그
들이 아가씨의 응석을 받아주고 있다 걸 알면 아가씨는 기
어다녀야 할 거요. 이제 왜 차터리스가 여성을 존중하는
마음이 없는 줄 알겠군요.

줄리아 어떻게 감히 그런 말을?

그레이스   감히! 나는 그를 사랑해. 그리고 난 나와 결혼하자는 그의
          청을 거절했고.

줄리아   [불신하며 그러나 희망에 차서] 부인이 거절했다고요!

그레이스   그래요. 아가씨와 아가씨 같은 여자들에게서 여성을 대하
          는 법을 배운 어떤 남자에게도 나를 주지 않을 거요. 그의
          사랑 없이는 살 수 있지만 그의 존경 없이는 살 수 없어요.
          내가 사랑과 존경, 두 가지를 가질 수 없는 건 아가씨 잘못
          이야. 그의 사랑을 가져요. 그럼 아가씨에게 매우 잘 된 거
          지! 그에게 달려가 아가씨를 다시 거두어 달라고 애원해
          봐요.

줄리아   오, 부인은 지독한 거짓말쟁이로군요! 부인을 만나기도 전
          에―그가 부인을 꿈꾸기도 전에, 그는 절 사랑했어요, 한
          심한 아줌마시군. 남자들이 저한테 오게 하려고 제가 그들
          에게 무릎 꿇어야 한다고 생각하시나 본데. 그것은 부인의
          경험일 것이고, 별 볼일 없는 부인 같은 사람들의 경우가
          그렇지. 저는 안 그래요. 제가 한 번 보기만 해도 저에게
          영혼을 바칠 남자가 많아요. 전 제 손가락을 들기만 하면
          돼요.

그레이스   그럼 들어봐요. 그가 오나 안 오나 한 번 보게.

줄리아   부인을 죽여야 하는데! 제가 왜 안 죽이나 모르겠어요.

그레이스   그래. 아가씨는 다른 사람을 희생시켜 아가씨의 어려움을

탈피하려고 하지. 아가씨가 초대하기만 하면 많은 남자들
이 아가씨에게 구애할 것이고, 이것은 자랑거리가 아닐까?

줄리아   [시무룩하게] 제가 부인 같으면 더 좋겠군요. 냉정한 마음과
뱀의 혀. 하늘이시여, 감사합니다. 저에게 따뜻한 마음을
주셨으니. 그게 바로, 저는 부인을 아프게 하지 못하는데
부인은 저에게 상처를 줄 수 있는 이유죠. 그리고 부인은
겁쟁이예요. 싸워보지도 않고 그를 저에게 포기하고 있는
거죠.

그레이스   그래요. 싸움은 아가씨 몫이야. 성공하길 빌어요. [그녀가 경
멸적으로 돌아서서, 식당으로 가고 있는데 실비아가 반대편에서 들어오며,
커스버트슨과 크레이븐이 뒤따라 들어온다. 커스버트슨과 크레이븐은 줄리
아에게 다가가고, 실비아는 그레이스에게 가로질러 간다]

실비아   믿음직한 파라모어가 저를 찾아와서 제가 여기 왔습니다.
그는 어르신들을 모시고 가는 것이 좋겠다는 귀뜸을 해 주
셨죠. 여기 모두 같이 오셨고요. 웬 소동이예요?

그레이스   [차분하게] 아무것도 아니야. 소란은 없었어.

줄리아   [발작적으로, 크레이븐에게 다가가며 팔을 뻗고] 아빠!

크레이븐   [안으며] 내 소중한 딸! 무슨 일이냐?

줄리아   [눈물을 흘리며] 부인이 절 클럽에서 쫓아내려고 해요. 우리를
망신시키려고. 그럴 수 있는 거예요, 아빠?

크레이븐   글쎄, 정말, 이 클럽의 규칙은 별나서 알 수가 없구나. [그레
이스에게] 부인, 내 딸의 행동에 대해 이의를 제기하실 건지?

그레이스	그렇습니다. 위원회에 제소하겠어요.
실비아	언니, 난 언젠가 언니가 그럴 줄 알았어.
크레이븐	조, 이 부인을 아나?
쿠스베르슨	내 딸이야, 트랜필드 여사, 댄. 그레이스. 이분은 내 오랜 친구인 크레이븐 대령이시란다.

그레이스와 크레이븐은 어색하게 서로 허리 숙여 인사한다.

크레이븐	트랜필드 부인, 항의의 이유가 무엇이요?
그레이스	단지 크레이븐양이 기본적으로 여성스런 여성이고, 따라서, 회원의 자격이 없습니다.
줄리아	아뇨. 전 여성스런 여성이 아닙니다. 부인이 그랬던 것처럼 저도 가입할 때 보증을 받았어요.
그레이스	차터리스씨가 해 주었지, 내 생각엔, 아가씨의 요구로. 나는 지금 당장, 그와 파라모어 박사가 있는 데서, 아가씨의 전적으로 여성스런 행동에 대한 증인으로서 그를 부르겠어요.
크레이븐	커스버트슨. 저 사람들이 농담하고 있나? 아니면 내가 꿈을 꾸고 있는 건가?
커스버트슨	[우울하게] 현실이네, 댄. 자넨 깨어있어.
실비아	[크레이븐의 왼팔을 잡으며, 다정하게 껴안고] 아빠는 늙은 립 반 윙

클(Rip Van Winkle)이야!

크레이븐 자, 트랜필드 부인, 내가 할 수 있는 것은 부인이 항의에
성공해서 줄리아가 이 가장 이상한 조직에서 곧 떠날 수
있기를 바란다는 말 뿐이요.

차터리스가 돌아온다.

차터리스 [문에서] 들어가도 될까요?

실비아 네. 여기 증인이 돼 주셔야겠네요. [차터리스가 들어온다, 그리고
줄리아와 그레이스 사이에 분명한 의혹이 있음을 알고 자리한다] 이건 여
성스러움의 나쁜 경우지요.

그레이스 [그에게 반쯤 몸을 돌리고, 심각하게] 이해하시겠어요? [줄리아는 그들
을 보며 질투심을 느껴 그녀의 아버지를 떠나 차터리스 가까운 곳으로 자리
를 옮긴다. 그레이스는 큰 소리로 덧붙인다] 위원회를 열기 전에 당
신의 지지를 기대하고 있어요.

줄리아 당신이 조금이라도 남자답다면 내 편을 들어야 해요.

차터리스 하지만 그러면 난 남자다운 남자로 이 클럽에서 쫓겨날 텐
데. 그뿐 아니라, 나도 위원회에 소속되어 있어. 나는 증인
이자 또한 판관이 될 수는 없지. 파라모어에게 부탁해 봐.
그도 다 봤으니까.

그레이스 파라모어 박사님은 어디 계시죠?

차터리스　　집에 갔습니다.

줄리아　　[갑작스레 결심하고] 사빌 거리(Savile Row)에서 파라모어 박
　　　　　사님의 번호가 뭐죠?

차터리스　　79.

줄리아는 계단 문을 따라 빨리 나간다. 놀라서 차터리스는 문으로 그녀를 따라 나가고, 그의 면전에 문이 되돌아오자, 그는 문간에 서서 유리를 통해 그녀를 응시한다.

실비아　　[그레이스에게 달려가] 그레이스. 언니를 따라 가세요. 언니가
　　　　　파라모어를 먼저 만나게 해서는 안 돼요. 언니는 언니가
　　　　　어떻게 대우받았는지 가장 감동적으로 이야기 할 거고, 그
　　　　　래서 파라모어의 마음을 완전히 바꿔버릴 테니까요.

크레이븐　　[노하여] 실비아! 얘냐, 그런 식으로 언니에 대해 말 해야겠
　　　　　니! [그레이스는 그녀를 위로하기 위해 실비아의 손을 지그시 누른다. 테이
　　　　　블에서 잡지를 하나 들고 차분하게 앉는다. 실비아는 그레이스의 의자 뒤에
　　　　　자리 잡고, 그 뒤에 기대어 세 사람의 계속되는 대화를 들으려 한다] 참,
　　　　　트랜필드 부인, 파라모어 박사가 오후에 차를 마시자고 우
　　　　　리 모두를 초대했어요. 그리고 내 딸이 그의 집에 간다면
　　　　　그 애는 이런 매우 곤란한 상황으로부터 자신을 해방시키
　　　　　기 위한 방편으로 단지 그의 초대를 이용하는 거요. 우리

모두 갑시다. 자, 실비아. [그는 가려고 돌아서고, 커스버트슨이 따라
간다]

차터리스 [깜짝 놀라] 멈추세요! [그는 크레이븐과 커스버트슨 사이에 선다] 왜들
이리 서두르시죠? 그에게 시간을 줄 수 없나요?

크레이븐 시간! 왜?

차터리스 [깜짝 놀라 바보처럼] 자, 알다시피, 약간의 휴식을 주기 위해
서죠. 그렇게 바쁘게 사는 전문가를 위해! 그는 온 종일 한
순간도 혼자 있을 시간을 갖지 못할 거요.

크레이븐 하지만 줄리아가 같이 있잖아.

차터리스 글쎄, 그게 중요하지 않아요. 그녀는 단지 한 사람에 불과
할 뿐이오. 그리고 그녀는 그에게 자신의 일을 설명할 기
회를 가져야 합니다. 위원회의 일원으로서 그게 공정하다
생각합니다. 합리적으로 행동해요, 크레이븐. 그에게 30분
의 시간을 주게요.

커스버트슨 [준엄하게] 그게 무슨 소린가, 차터리스?

차터리스 별 뜻이 없어요, 분명히. 안타까운 파라모어에 대한 상식
적 배려일 뿐이죠.

커스버트슨 자네 뭔가 이유가 있는 게지. 크레이븐. 지금 당장 가세나.
[문고리를 잡는다]

차터리스 [달래며] 안 돼요, 안 돼. [설득하듯이 그의 손으로 크레이븐의 팔을 잡
고, 부연하여] 대령님의 간에 좋지 않아요, 크레이븐, 이렇게

점심 식사 후에 급하게 돌아다니시면.

커스버트슨 그의 간은 이상 없어. 가세, 크레이븐. [문을 연다]

차터리스 [커스버트슨의 소매를 잡으며] 커스버트슨. 제 정신이 아니시군
요. 파라모어는 줄리아에게 청혼하려고 해요. 우린 그에게
시간을 줘야 합니다. 선생님이나 저 같으면 3초면 하겠지
만 파라모어는 그렇지를 못해요. [크레이븐에게 돌아서며] 모르
시겠어요? 그래야 오늘 아침에 우리가 이야기했던 그 어려
움에서 제가 벗어날 겁니다. 대령님과 저 그리고 커스버트
슨이 했던. 기억나세요?

크레이븐 지금 그런 걸 여러 사람 앞에 불쑥 말을 해야겠나, 차터리
스? 빌어먹을, 자네는 품위란 없나?

커스버트슨 [엄하게] 전혀 없지.

차터리스 [커스버트슨에게 돌아서며] 아닙니다. 저에게 그러지 마세요, 커
스버트슨. 도와주세요. 저의 미래, 그녀의 미래, 트랜필드
부인의 미래, 크레이븐의 미래, 모두의 미래가, 우리가 도
착할 때 파라모어의 약혼한 신부가 될 줄리아에게 달려있
습니다. 그에게 시간을 주기만 하면 그는 분명 청혼할 것
입니다. 선생님은 선생님이 극장에서 주어 담은 부질없는
소리에도 불구하고, 선생님이 지독히 똑똑할 뿐만 아니라
친절하고 총명한 사람이라고 알고 계시죠. 저를 위해 한
마디 해주세요.

크레이븐   난 전적으로 그 결정을 커스버트슨에게 넘기는 바이네. 그
            리고 그 결정이 무엇이든 따르겠네.

커스버트슨은 주의해서 문을 닫고, 깊은 생각을 하며 방으로 들어온다.

커스버트슨   내가 세상물정을 아는 사람으로서 말하겠네. 도덕적 책임
            은 배제하고.

크레이븐   그렇지, 조. 물론.

커스버트슨   그러므로, 내가 차터리스의 견해가 무엇이 되었든지 간에
            그것에 전혀 지지를 하지 않을지라도, 10분 정도 기다려
            서 해가 될 것은 없다고 보네.

차터리스   [기뻐서] 아, 판단하기 어려운 상황에서, 커스버트슨, 결국
            선생님 같은 분 없을 거예요. [그는 의자 등받이에 앉는다]

크레이븐   [깊이 실망하여] 오 그럼, 조, 그게 자네의 결정이라면, 약속을
            지키고 그걸 따라야겠지. 앉아서 좀 편히 있는 게 좋겠어.
            [그도 또한 마지못해 앉는다]

아무도 말이 없다, 세 남자에게는 매우 힘든 시간이다.

그레이스   [잡지에서 눈을 떼며] 조바심 내지 마세요, 레오나드.

차터리스   [의자 등받이에서 미끄러져 내려오며] 어쩔 수 없어요. 너무 불안해

요. 사실은 줄리아가 나를 매우 초조하게 만들어서, 그녀의 결정을 알 때까지는 내 자신을 장담할 수가 없죠. 트랜필드 부인이 최근에 내가 어떤 일을 겪었는지 말해줄 거예요. 아시다시피, 줄리아는 정말 고집이 센 여자지요.

크레이븐 [말을 시작하며] 아, 맹세코! 내 명예와 양심을 걸고!! 이젠 정말!!! 지금 바로 가야겠어. 자 가자고, 실비아, 커스버트슨. 우리와 함께 당장 파라모어의 집으로 가서 이런 문제에 대한 자네의 총명성을 보여주길 바라네.

차터리스 [절망적으로] 크레이븐. 대령님 따님의 행복에 방해가 되고 싶으세요. 5분만 더 기다려 주시면 좋겠는데.

크레이븐 아봐, 5초도 안 되겠네. 별 꼴이군. 차터리스. [나간다]

커스버트슨 [문으로 가면서 차터리스에게] 실수꾼 같으니라구! [크레이븐을 따라간다]

실비아 잘 됐어요, 뭐 하나도 제대로 못하는 사람! [커스버트슨을 따라간다]

차터리스 오, 고집불통 늙은이들! [그레이스에게] 따라가서 최대한 대령을 지연시키는 수밖에 다른 방도가 없군. 그럼 먼저 실례하겠소.

그레이스 [일어서며] 아뇨. 파라모어가 나도 초대했어요.

차터리스 [놀라서] 같이 간다는 말은 아니겠지요!

그레이스 갈 거예요. 당신은 그 여자로 하여금 내가 그녀 만나는 걸 두려워한다고 생각하도록 놔둘 것 같아요? [차터리스는 긴 신음 소리를 내며 의자에 주저앉는다] 자. 바보처럼 굴지말세요. 더 지체하면 대령을 놓치겠어요.

차터리스 왜 태어났단 말인가, 난 정말 불행의 자식이야! [그는 절망하여 일어선다] 자, 가시겠다면, 가야지. [그가 팔을 내밀고 그녀는 팔짱을 낀다] 그런데, 내가 간 뒤에 무슨 일이 있었어요?

그레이스 내가 그녀의 행동에 대해 그녀가 평생 기억할 만한 쓴 소리를 했어요.

차터리스 [찬성하며] 잘 했소. [그는 그의 팔을 그녀의 허리에 살며시 댄다] 키스 한 번만. 날 달래줄.

그레이스 [상냥하게 뺨을 내밀며] 철없는 소년! [그가 키스한다] 자 가요. [함께 나간다]

3막

사빌 거리의 파라모어의 응접실. 정면에 난 창에서 방을 바라보면, 문은 왼쪽 구석 가까이에 있는 반대편 벽에 있다. 녹색 베이즈 천으로 덮여 가볍고 소리 가나지 않는 상담실로 통하는 다른 문은 오른쪽 벽 뒤쪽으로 나 있다. 벽난로 는 왼쪽에 있다. 벽난로 더 가까이에 소파가 긴 의자 식으로, 벽에 직각으로 자 리를 잘 차지하고 있다. 다른 구석에는 안락의자가 있다. 녹색 바이즈 천으로 덮인 문보다 훨씬 앞쪽으로, 벽 오른쪽은 책장이 차지하고 있다. 문 저편에 해 부학 재료를 넣어두는 캐비넷이 있고, 벽 위로는 렘브란트의 해부학 교실의 액 자 사진이 걸려있다. 조금 오른쪽 앞에는 티테이블이 있다.

파라모어는 바퀴달린, 등받이가 둥근 의자에 앉아 차를 따르고 있다. 줄리아 는 등을 불쪽으로 향하고, 그의 맞은편에 앉아있다. 그는 고무되어 있고, 그녀 는 의기소침하다.

파라모어   [방금 따른 잔을 건네며] 여기 있습니다! 내가 대단히 잘하는 몇
        안 되는 것 중 하나가 차를 만드는 겁니다. 케이크 들겠어
        요?

줄리아   아뇨, 고마워요. 전 단 것을 좋아하지 않아요. [그녀는 차 맛을
        보지 않고 내려놓는다]

파라모어   차에 무슨 문제라도?

줄리아   아뇨. 좋아요.

파라모어   내가 말주변이 좀 없어서요. 사실은 너무 직업적이죠. 상

담할 때만 빛을 발한답니다. 당신이 자신과 관련한 어떤
진지한 얘기를 하기를 거의 바랄 뿐이죠. 그러면 나도 나
의 지식과 공감을 동원해서 대화에 응하게 될 테니까요.
사실, 난 당신을 그저 감탄하며 바라보고, 당신이 여기 와
서 정말 기쁘답니다.

줄리아 [통렬하게] 그리고 날 어루만지고, 귀여운 말들을 하겠죠. 왜
저에게 즉시 우유 한 접시 안 주시나 궁금하네요.

파라모어 [놀라서] 왜요?

줄리아 저를 굉장히 페르시아 고양이처럼 생각하시는 것 같아서
요.

파라모어 [강하게 항변하며] 미스 크레이—

줄리아 [그의 말을 막으며] 오, 항변하실 필요 없어요. 익숙하니까요.
전 항상 이런 종류의 애착을 불러일으키나 봐요. [비꼬아서]
그게 얼마나 아부하는 건지 모르실 거예요.

파라모어 크레이븐양, 그렇게 냉소적인 말을 하다니! 당신! 당신이
지나가기만 하면 사람들은 첫 눈에 반하는데. 아니, 최근
에 당신이 클럽의 룸에서 남자들과 함께 있었는지 아닌지
를 그들의 표정만 봐도 알 수가 있어요.

줄리아 [사납게 움츠러들며] 오, 그들의 얼굴에 나타나는 표정이 싫어
요. 제가 태어난 이후로 저에게 신경 써주는 인간은 한 명
도 본 적이 없다는 걸 아세요?

파라모어 　크레이븐양, 그건 사실이 아니에요. 그게 당신의 아버지나,
　　　　　당신이 싫어하는데도 당신을 미치도록 사랑하고 있는 차
　　　　　터리스에게는 사실일지 모르지만, 나에겐 사실이 아니오.

줄리아　 [놀라서] 누가 차터리스에 대해 이야기를 했지요?

파라모어 　누구긴요, 차터리스 본인이.

줄리아　 [깊고, 신랄한 확신을 갖고] 그는 세상에 한 사람에게만 신경을
　　　　　쓰죠. 자기뿐이에요. 그는 천성적으로 이기적이지 않은 부
　　　　　분이 한 군데도 없지요. 그는 한 시간도 진심으로—[흐느끼
　　　　　다 숨이 막힌다. 그는 울면서 열정적으로 일어선다] 다 똑같아요, 모두
　　　　　다. 심지어 아버지조차도 날 애완동물 취급하죠. [그녀는 벽
　　　　　난로로 가서 그녀의 얼굴을 감추려고 그에게 등을 돌리고 서 있다]

파라모어 　[초라하게 그녀를 따라가며] 내가 당신한테 이런 대접을 받을 이
　　　　　유가 없는데. 정말 없어요.

줄리아　 [꾸짖으며] 그럼 왜 저 없는 데서 차터리스와 함께 제 이야기
　　　　　를 하는 거죠?

파라모어 　당신을 험담한 적이 없어요. 내 앞에선 아무도 그럴 수 없
　　　　　죠. 우리에게 중요한 이야기를 했을 뿐.

줄리아　 그의 마음! 오 주여, 그의 마음! [그녀는 소파에 앉아 그녀의 얼굴
　　　　　을 가린다]

파라모어 　[슬프게] 그를 사랑하는 것 같군요, 그럼에도 불구하고, 크레
　　　　　이븐양.

줄리아   [즉시 고개를 들며] 그가 그렇게 말한다면, 거짓말이에요. 제가
그에게 신경을 쓴다는 말을 듣거든 반박해주세요. 거짓이
니까요.

파라모어   [재빨리 그녀에게 다가서며] 크레이븐양. 그럼 나의 길은 정해진
건가요?

줄리아   [대화에 흥미를 잃고 뿌루퉁해서 그에게서 시선을 떼며] 무슨 말씀이세
요?

파라모어   [열렬하게] 내가 무슨 이야기를 하는지 아셔야 합니다. 당신
이 차터리스를 따라다닌다는 소문을 반박하세요. 말로만
할 게 아니라―그러기엔 너무 늦었으니―내 아내가 되어
서. [진지하게] 날 믿어요. 나를 끄는 것은 당신의 아름다움
만이 아니오 [줄리아는 관심을 갖고 재빨리 그를 올려다본다] 난 다른
미녀들도 알지요. 그것은 당신의 마음, 당신의 솔직함, 당
신의 순수한 그대로의 모습, [줄리아는 일어서서 새로운 희망에 차
서 숨을 쉬지 못하고 그를 바라본다] 당신 주변의 사람들에 의해서
결코 이해 받지 못했기 때문에 단지 절반 밖에 발달하지
못한 훌륭한 성격적 재능들입니다.

줄리아   [그를 골똘히 바라보며, 그리고 자신도 모르게 조소하듯 회의적이 되어가기
시작하며] 그 모든 걸 정말 제게서 봤나요?

파라모어.   난 그걸 느꼈어요. 난 세상에서 혼자 살아왔죠. 그리고 당
신이 필요해요, 줄리아. 그래서 당신도 또한 세상에서 혼

자란 것을 알았어요.

줄리아　[극적인 비애감에 사로잡혀] 맞아요. 전 정말 세상에 혼자예요.

파라모어　[조심스레 그녀에게 다가서며] 당신과 함께라면 외롭지 않을 텐데. 그리고 당신은? 나와 함께라면?

줄리아　선생님! [재빨리 그로부터 멀어지며, 티테이블 쪽으로 피한다] 아뇨, 아뇨. 전 그런 마음이─ [그녀는 당황하여 멀어진다. 그리고 불안한 듯 주변을 두리번거린다] 오, 뭘 해야 할지 모르겠어요. 저에게서 너무 많은 것을 바라실 거예요. [앉는다]

파라모어　난 당신이 스스로에게 갖고 있는 것보다 더 많은 믿음을 갖고 있어요. 당신의 타고난 힘은 당신이 생각하는 것보다 더 풍부해요.

줄리아　[의심스러운 듯] 정말 제가 다른 사람들이 주장하듯 얄팍하고 질투심 많고 사악한 기질의 여자가 아니라고 믿으세요?

파라모어　나는 당신의 두 손에 내 행복을 맡길 준비가 되어 있어요. 이 말이 내가 당신을 어떻게 생각하는지 증명이 되겠소?

줄리아　그래요. 선생님이 정말 저를 신경 써주시는 걸 알겠어요. [그는 열렬히 그녀에게 다가간다. 그녀는 갑자기 격변하여 그를 때리려는 듯이 손을 들고 일어나, 울면서] 아니, 아니, 아니, 아니에요. 그럴 수 없어요. 그건 불가능해요. [그녀는 문 쪽으로 간다]

파라모어　[그녀의 뒷모습을 동경하듯 바라보며] 차터리스 때문이오?

줄리아　[멈추어 돌아서서] 아, 그런 생각을 하시는군요! [되돌아온다] 제 말을 들으세요. 제가 그렇다고 하면 저에게 손대지 않겠다고 약속해 주시겠어요? 우리의 새로운 관계에 적응할 시간을 주시겠어요?

파라모어 진심으로 약속하겠소. 절대로 당신에게 부담을 주지 않겠어요.

줄리아 그럼－그럼－그래요. 저도 약속해요.

파라모어 오, 얼마나 말도 못하게 행복한－

줄리아 [그의 환희를 제지하며] 아뇨. 더 이상 말씀하지 마세요. 잊어버립시다. [그녀는 테이블의 자리에 앉는다] 제가 차에 손도 대지 않았네요. [그는 서둘러 그의 자리로 돌아간다. 그가 지나갈 때, 그녀는 왼손을 그의 팔에 올리고 말한다] 저에게 잘 해 줘요, 퍼시(Percy). 전 오로지 그게 필요해요.

파라모어 [황홀하여] 나를 퍼시라고 부르다니! 만세!

차터리스와 크레이븐이 들어온다. 파라모어는 희색이 만면하여, 서둘러 그들을 맞이한다.

파라모어 크레이븐 대령님. 이곳에서 뵙게 되어 기쁩니다. 그리고 차터리스도. 앉으세요. [대령은 소파의 가장자리에 앉는다] 다른 분들은?

차터리스 실비아는 캐러멜을 사달라고 커스버트슨을 졸라 벌링턴 아케이드로 갔지요. 그는 그녀에게 캐러멜을 먹어보라고 권하고 싶어하죠. 그는 그것이 여성스런 취향이라고 생각해요. 게다가, 커스버트슨 본인도 캐러멜을 좋아하죠. 곧 오실 겁니다. [그는 될 수 있는 한 줄리아에게서 멀어지려고 캐비닛을 천천히 지나 램브란트의 사진을 감상하는 척한다]

크레이븐   그래. 그리고 차터리스는 코르크 거리와 사빌 거리 사이의 콘뒤트 거리 어딘가에 지름길이 있다며 자꾸만 날 설득하려 들지 뭔가. 그런 말도 안 되는 소리 들어 봤나? 그리고는 내 코트가 남루하다며 풀 상점으로 가서 새로 하나 장만하라고 그러더군. 파라모어. 내 코트가 초라한가?

파라모어   안 그런 것 같은데요.

크레이븐   나도 그렇지 않다고 생각하네. 그리고는 이집트 전쟁에 관해 토론을 하자는 거야. 그가 엉뚱한 소리만 안 했어도 15분 전에는 도착했을 거네.

차터리스   [여전히 램브란트를 감상하며] 당신을 방해하지 않도록 최선을 다했어요, 파라모어.

파라모어   [감사하며] 1초도 안 틀리고 정확히 붙잡으셨군요. [격식을 갖추어] 크레이븐 대령님. 뭔가 매우 특별히 말씀 드릴 게 있습니다.

크레이븐   [놀라서 벌떡 일어나며] 개인적으로, 파라모어. 정말로 개인적으로 해야 해.

파라모어   [놀라서] 물론입니다. 제 상담실이 어떨지요. 아무도 없죠.
크레이븐양. 실례하겠습니다. 내가 돌아올 때까지 차터리
스가 당신을 즐겁게 해 줄 겁니다 [녹색 베이즈 천이 덮여 있는
문으로 안내한다]

차터리스   [아연실색하여] 오, 저, 다른 사람들이 올 때까지 기다리는 게
낫지 않을까요?

파라모어   [의기양양하여] 더 이상 지체할 필요가 없어요, 내 최고의 친
구여. [그는 차터리스의 손을 꼭 쥔다] 가실까요, 대령님?

크레이븐   좋을 대로, 파라모어. 좋을 대로 하게.

크레이븐과 파라모어는 상담실로 간다. 줄리아는 그녀의 머리를 돌리고 차터리
스에게 오만한 눈길을 보낸다. 그의 신경은 거짓된 모습을 보인다. 그는 다음
순간 완전히 당황한다. 그녀는 갑자기 일어선다. 그는 놀라서 탁자와 책장 사
이로 서둘러 간다. 그녀는 테이블 뒤의 그 쪽으로 가로질러 간다. 그리고 그는
곧바로 그 테이블 앞 반대편으로 가로질러 가서 그녀를 피한다.

차터리스   [신경질적으로] 그러지 마, 줄리아. 그 장점을 남용하지 말라
고. 여기서 나는 당신의 손에 달렸어. 한 번만 봐줘. 그리
고 소란 피우지 말고.

줄리아   [경멸하며] 내가 당신을 만지기라도 할까봐요?

차터리스   아니야. 물론 아니야.

그녀는 테이블의 그녀 쪽으로 나온다. 그는 그의 쪽에서 물러선다. 그녀는 완전한 경멸을 표하며 그를 쳐다본다. 그리고 가로질러 소파로 달려들어 무게를 잡고 앉는다. 그는 큰 안도의 한숨을 내쉬며 파라모어의 의자에 앉는다.

줄리아   이리 오세요. 할 이야기가 있으니.

차터리스   그래? [그는 의자를 굴려 그녀 쪽으로 약간 다가간다]

줄리아   있잖아요, 이리 오시라니까요. 당신을 향해 방을 가로질러 소리를 지르고 싶지는 않으니까요. 내가 두려우신가요?

차터리스   끔찍하게 두려워. [그는 매우 불안한 상태로 소파 가장자리로 천천히 의자를 옮긴다]

줄리아   [고의적으로 무례함을 보이며] 그 여자가 그녀의 정복을 방어하기 위한 시도도 없이 당신을 나에게 포기했다고 말하던가요?

차터리스   [설득하듯 낮은 목소리로] 당신도 그런 희생을 할 수 있다는 걸 보여줘. 당신도 날 포기해.

줄리아   희생! 그리고 내가 당신하고 결혼하고 싶어 죽는 줄로 아세요?

차터리스   당신의 의지가 너무도 고결한 것 같아 걱정이야, 줄리아.

줄리아   비열하시긴!

차터리스   [한숨을 쉬며] 고백하거니와, 난 신사 이상도 이하도 아니야, 줄리아. 전에는 의심의 여지가 있는 것에 대해 그리 심하게 굴지 않았잖아.

줄리아 정말요! 결코 그렇게 말한 적 없어요. 당신이 신사처럼 행동할 수 없다면, 당신을 포기한 그 여자에게 돌아가는 게 나을 걸요. 그렇게 냉혈적이고 겁 많은 존재가 여자라고 할 수 있다면 말이죠. [그녀는 위엄을 갖추고 일어선다. 그는 그의 의자를 확 밀어 테이블로 간다] 이젠 당신을 알아요, 레오나드 차터리스, 속속들이, 당신의 모든 거짓, 옹졸한 심술, 잔인함과 자만심에 대해. 당신이 탐내던 그 자리는 좀 더 가치 있는 남자가 차지했지요.

차터리스 [벌떡 일어나, 그녀에게 다가서서, 숨을 고르지 못한 채 열심히] 그게 무슨 말이야? 솔직히 말하면. 그럼 그 제안을—

줄리아 파라모어 박사와 결혼하기로 했어요.

차터리스 [황홀하여] 나의 줄리아! [그녀를 껴안으려 한다]

줄리아 [움츠러들며. 그가 그녀의 두 손을 잡는다] 어떻게 감히! 미쳤군요! 파라모어 박사님을 부를까요?

차터리스 모두를 불러, 줄리아—런던에 사는 모든 사람들을. 이젠 더 이상 짐승 같이 굴거나, 나를 방어하려고 하거나, 당신을 두려워하지 않아도 되게 되었어. 이런 날을 얼마나 고대했던가! 이제야 당신은, 나는 당신이 나와 결혼하거나 나를 사랑하는 걸 원하지 않는다는 사실을, 아는군. 파라모어가 그 모든 걸 가지라고 해. 나는 단지 당신의 행복을

사심 없이 지켜보며 크게 기뻐할 테니 [그녀의 손에 키스하며]
나의 사랑하는 줄리아, [다른 손에 키스하며] 나의 아름다운 줄
리아. [그녀는 그로부터 그녀의 두 손을 억지로 떼어내며, 마치 그 전날 밤
에 커스버트슨의 집에서 그랬던 것처럼 그를 때릴 것처럼 들어올린다. 그는
기꺼이 맞겠다는 태도로 쳐다본다] 이제 나를 위협해도 소용없어.
나는 그 손들이 무섭지 않으니. 세상에서 가장 아름다운
손들.

줄리아 나를 모욕하고 고통을 준 후에 이렇게 얼굴을 돌릴 수 있
어요?

차터리스 신경쓰지 마. 당신은 나를 이해한 적이 없어. 그리고 앞으
로도 그럴 거야. 우리의 생체 해부하는 친구가 마침내 훌
륭한 실험을 했군.

줄리아 [진지하게] 그 생체해부학자는 바로 당신이에요. 당신은 그
보다 훨씬 더 잔인하고, 부정한 해부학자이지요.

차터리스 그래. 그러나 나는 그보다 내 실험에서 훨씬 더 많은 걸 배
우고 있어! 그리고 희생자들도 나만큼 배우지. 거기에 내
도덕적 우월성이 있는 거야.

줄리아 [다시 소파에 앉으며 슬픔에 찬 유머로] 자, 당신은 나에게 더 이상
실험을 하지 않겠죠. 실험대상을 찾고 싶으면 그레이스에
게 가세요. 그녀는 어려운 실험대상이니까.

차터리스 [그녀의 곁에 앉으며, 꾸짖듯] 그러면 당신은 내가 당신으로부터

멀어지게 하기 위해 나로 하여금 그녀에게 구혼하도록 만들었던 거야! 그녀가 나를 받아들였다면, 나는 지금 어디 있어야 하나?

줄리아　내가 있는 곳에, 내가 파라모어를 받아들였으니까요.

차터리스　하지만 나는 그레이스를 불행하게 만들었어. [줄리아가 비웃는다] 그러나, 이제 생각해 보니, 당신은 파라모어를 불행하게 만들겠군. 그리고 당신이 그를 거부하면 그는 절망에 빠질 거야. 불쌍한 사람!

줄리아　[잠시 다시 성깔 있게] 그는 당신보다 나은 분이예요.

차터리스　[겸손하게] 인정해, 내 사랑(my dear).

줄리아　[충동적으로] 날 당신의 사랑(your dear)라고 부르지 마세요. 그리고 내가 그를 불행하게 만든다니 그게 무슨 소리죠? 내가 그에게 적합하지 않은 가요?

차터리스　[의심스럽게] 글쎄, 그건 당신이 말한 '적합한'(good enough)이 무슨 의미냐에 달려있어.

줄리아　[진지하게] 당신이 날 선택했다면 내가 좋았겠죠. 당신은 날 지배하는 대단한 힘이 있었어요. 나는 당신의 손에 아이 같았고. 그리고 당신은 그걸 알고 있었죠.

차터리스　그래, 줄리아. 그건 당신이 질투심에 사로잡혀 맹렬한 분노로 흐를 때면, 나는 그저 충분히 오래 기다리면서, 그리고 당신을 줄곧 열심히 귀여워해 주기만 하면, 항상 행복

하게 끝날 수가 있었어. 당신이 한 번 토라져서, 당신의 혀
가 할 수 있는 모든 욕을 당신의 질투심의 대상에 해대고,
당신이 만족할 때까지 두어 시간 동안 나를 모욕하면, 문
제가 해결되는 거지. 그리고 마침내 당신은, 당신에게 천
사와 같이 좋고 용서하는 기분이 들게 하는 애정의 달래는
듯한 황홀경 속으로 가라앉지. 오, 난 그런 종류의 선량함
을 알고 있어. 당신은 내가 당신에게서 숨겨진 사랑스러움
을 이끌어낸 걸로 생각할 거야. 하지만 나는 당신이 나에
게서 그걸 꺼내서 당신에게 타당한 몫보다 더 많이 사용하
고 있다고 생각했어.

줄리아   그러면, 당신의 말대로라면, 나는 좋은 점이 없군요. 나는
전적으로 용납할 수 없는 무가치한 여자로군요. 그런가요?

차터리스   그래, 만약 당신이 다른 사람을 판단하는 방식으로 평가된
다면. 전통적인 관점에서 볼 때는 당신에 대해서 말해질
거리가 없어, 줄리아. 아무 것도. 바로 그것이, 내가 어떻
게 당신을 사랑했는가를 떠올릴 때 나의 자존심을 살리기
위해서 어떤 다른 관점을 찾아야만 하는 이유가 되는 것이
지. 오, 내가 당신에게서 배운 것이라니! 당신에게서! 나에
게서 아무 것도 배울 수가 없었던. 나는 당신을 바보로 만
들었고 당신은 나에게 지혜를 선사했지. 나는 당신의 마음
을 무너뜨렸고 당신은 나에게 기쁨을 주었어. 나는 당신이

당신의 여성스러움을 저주하도록 만들었고 당신은 나에게
나의 남자다움을 드러내게 했지. 줄리아의 이름에 영원토
록 축복이 있기를! [진실한 감정으로 다시 키스하려고 줄리아의 손을
잡는다]

줄리아   [넌더리 나서 그녀의 손을 뿌리치며] 오, 그런 지겨운 비웃는 소리
그만 하세요.

차터리스   [웃으면서 하늘에 호소하며] 그녀가 지겨운 비웃는 소리라고 말
합니다! 자, 자. 당신에게 그런 소리 다시는 안 하겠어. 그
건 단지 당신이 아름다운 여인이고 우리 모두 당신을 사랑
한다는 걸 의미할 뿐이야.

줄리아   그런 말 마세요. 그런 걸 혐오하니까. 내가 무슨 동물이나
되는 것처럼 들려요.

차터리스   흠! 멋진 동물은 아주 훌륭한 것이야. 동물들을 폄하하지
말자고, 줄리아.

줄리아   당신은 날 정말 그렇게 생각하는군요.

차터리스   자, 줄리아! 내가 당신의 도덕성을 존중하리라고 생각하진
않겠지?

줄리아는 돌아서서 그를 노려본다. 그는 알아차리고 일어서서 그녀로부터 뒤로
물러난다. 그녀는 일어서서 천천히 그리고 의도적으로 그를 따라간다.

줄리아   [의도적으로] 도덕성이라고는 전혀 없는 이 비천한 존재와 함
        께 매우 많이 타락하셨군요.

차터리스   [물러서며] 저리 가, 줄리아. 파라모어와의 새로운 관계를 잊
        지 말고.

줄리아   [방 중앙에서 그를 따라잡으며] 파라모어 걱정은 마세요. 그건 내
        일이니까. [그녀는 그녀의 두 손으로 그의 코트 소맷깃을 잡고 그를 빤히
        쳐다본다] 오, 당신이 그렇게 솜씨 좋게 말을 전하는 사람들
        이, 내가 알고 있는 것처럼 당신을 안다면! 가끔씩 내가 당
        신에게 관심이 있었는지 내 자신에게 의아해져요.

차터리스   [그녀에게 밝은 표정으로] 겨우 가끔씩?

줄리아   사기꾼! 거짓말쟁이! 한심하고 시시한 엉터리 군자! [그는 즐
        거워 보인다] 오! [절반은 분노에서, 절반은 부드러움에서 오는 감정의 발
        작을 보이면서, 호랑이가 새끼에게 으르렁거리듯, 그녀는 그를 흔든다]

파라모어와 크레이븐이 상담실에서 돌아오고, 그 광경을 보고 충격을 받는다.

크레이븐   [어쩔 줄 몰라하며 소리지른다] 줄리아!!

줄리아는 차터리스를 놓지만, 크레이븐이 그녀의 왼쪽으로, 파라모어가 오른쪽
으로 다가오는 데도 개의치 않고 그 자리에 서 있다.

파라모어　　무슨 일이죠?

차터리스　　아무 것도, 아무 것도 아닙니다. 이런 일에 곧 익숙해 질
　　　　　　거요, 파라모어.

크레이븐　　정말로, 줄리아, 어찌 이런 기이한 행동을. 파라모어에게
　　　　　　이러면 안되지.

줄리아　　　[차갑게] 파라모어 박사님이 반대한다면 우리 결혼을 파기하
　　　　　　면 되죠. [파라모어에게] 주저하실 것 없어요.

파라모어　　[의심스럽게, 걱정스럽게 그녀를 바라보며] 내가 결혼을 파기하길 바
　　　　　　라세요?

차터리스　　[놀라서] 말도 안 돼요! 그렇게 서두르지 마세요. 내 잘못이
　　　　　　요. 내가 크레이븐양을 괴롭히고―그녀를 모욕했어요. 이
　　　　　　런 식으로 모든 걸 망치지 마세요.

크레이븐　　매우 지독하게 황당한 일이로군. 자네가 줄리아를 모욕했
　　　　　　다는 걸 믿을 수가 없어, 차터리스. 괴롭힌 건 의심할 여지
　　　　　　가 없지. 아무나 괴롭히니까. 맹세코, 자네는 그렇지. 그런
　　　　　　데 모욕! 지금 그게 무슨 소린가?

파라모어　　[매우 진지하게] 크레이븐양. 제발 당신에게 바라건대 나에게
　　　　　　정직해 주세요. 당신과 차터리스는 무슨 관계요?

줄리아　　　[불가사의하게] 차터리스에게 물어보세요. [그녀는 등을 돌리며 벽
　　　　　　난로로 간다]

차터리스　　물론이오. 다 말 해 드리죠. 나는 크레이븐양을 사랑하고

있어요. 내가 그녀를 안 순간부터 솜씨 좋게 따라다녔죠.
소용 없었어요. 그녀는 완전히 날 무시했어요. 방금 전에
경쟁 상대의 행복한 광경을 보고 참지 못해 내가 그녀에게
심술궂고 냉소적인 소리를 했더니, 그녀가─글쎄, 그녀가
그저 날 좀 흔든 거요, 보시다시피.

파라모어   [정중하게] 그녀를 얻도록 도와준 걸 잊지 않겠소, 차터리스.
[줄리아의 얼굴에 분노의 빛이 스치고, 그녀는 재빨리 돌아선다]

차터리스   쉬! 제발 그런 소리 하지마세요.

크레이븐   이건 자네가 오늘 아침 나와 크레이븐에게 했던 이야기와
는 사뭇 다른 걸. 이것이 훨씬 사실 같은 걸. 이봐! 자네는
우리에게 허풍을 떨고 있었지, 그렇지?

차터리스   [불가사의하게] 줄리아에게 물어보세요.

파라모어와 크레이븐이 줄리아에게로 향한다. 차터리스는 고집스레 정면을 바
라본다.

줄리아   아주 사실이에요. 저를 사랑했죠. 절 쫓아다녔고. 전 그를
완전히 경멸했어요.

크레이븐   줄리아, 자꾸 되뇌지 말아라. 그건 친절한 게 아니야. 사랑
에 빠지면 남자는 아주 제정신이 아닌 거다. [차터리스에게]
자 내 말을 듣게, 차터리스. 내가 소시 적에, 커스버트슨과

나는 한 여자를 사랑했지. 그녀는 커스버트슨을 더 좋아했어. 나는 한 방 먹은 거지. 부정하진 않겠네. 그러나 나는 내 할 일을 알았지. 그래서 그대로 했어. 그녀를 포기하고 커스버트슨의 기쁨을 빌었네. 많은 세월이 흐르고 우리가 만났을 때, 커스버트슨은 그 일 이후로 줄곧 나를 존경하고 좋아하게 됐다고 오늘 아침 나에게 말했다네. 그리고 나는 그걸 믿고 그 일로 기분이 더 좋아졌지. [감동적으로] 자, 차터리스. 오늘 파라모어와 자네가, 나와 커스버트슨이 35년 전 7월의 어느 날 저녁에 서 있었던 자리에 서 있는 거야. 어떻게 하겠는가?

줄리아 [분개하여] 차터리스가 어떻게 하다니요, 참으로! 아빠, 정말 너무하세요. 커스버트슨 부인이 아빠를 택하지 않았다면, 아빠가 그 여자를 포기하여 미덕을 보이신 것은, 마치 퍼시가 아빠에게 금주하라고 했을 때 절대 금주하여 미덕을 보이신 것과 꼭 마찬가지로, 매우 고상한 일이겠죠. 하지만 차터리스는 저에게 그런 고결한 행동을 하지 못할 거예요. 전 그를 거절했고 그가 그걸 받아들이지 않는다면 그는 아마ㅡ그는 아마ㅡ

차터리스 견딜 수 있어요. 그렇죠. 크레이븐. 절 믿으셔도 됩니다. 그걸 참겠습니다. [그는 무심하게 걸어가 손을 주머니에 넣고 책장에 기댄다]

크레이븐　　[마음에 상처를 입고] 줄리아. 너는 나에게 존경하는 마음도 없
　　　　　　이 대하는구나. 불평하려는 것은 아니다만, 그건 별로 어
　　　　　　울리지 않는 말이었다.

줄리아　　　[갑자기 눈물을 터뜨리며, 안락의자에 몸을 던지며] 세상에 저를 이해
　　　　　　해 주는 사람은 없는 건가요? 제가 완전히 비도덕적인 여
　　　　　　자라고 생각하지 않는 사람은 없나요?

크레이븐과 파라모어는 깜짝 놀라 서둘러서 그녀에게 간다.

크레이븐　　[후회스럽게] 얘야. 난 한 번도 그런 생각을—

줄리아　　　전 두 남자에 의해 흥정되도록 서 있어야만 하나요—마치
　　　　　　시장의 노예처럼 이 사람에서 저 사람으로 전전하며, 저
　　　　　　자신을 보호하기 위해 한 마디도 할 수 없는 건가요?

크레이븐　　하지만, 얘야—

줄리아　　　오, 가세요, 모두 다. 절 그냥 내버려두세요. 전—오—[그
　　　　　　녀는 격정적으로 눈물을 흘린다]

파라모어　　[크레이븐에게 따지듯] 크레이븐 대령님, 대령님은 따님의 마음
　　　　　　에 잔인하게 상처를 입혔습니다. 잔인하게 말이에요.

크레이븐　　하지만 내가 일부러 그런 게 아니네. 난 아무 말도 안 했
　　　　　　어. 차터리스. 내가 너무 심했나?

차터리스　　딸들의 반란을 잊으셨군요, 크레이븐. 그리고 대령님의 딸

이 아닌 어떤 장성한 여자에게는 분명히 그런 식으로 안

하셨을 겁니다.

크레이븐 그럼 다른 여성을 대하듯 내 딸에게도 그리 해야 한단 말

인가?

파라모어 그러셔야죠, 크레이븐 대령님.

크레이븐 글쎄, 내가 그러면 저주받을 것이네. 보라고!

파라모어 그렇게 받아들이시면, 저는 더 이상 드릴 말씀이 없습니

다. [그는 자존심에 상처를 입고 방을 가로질러, 책장 쪽으로 등을 하고 차

터리스 옆에 자리한다]

줄리아 [흐느끼며] 아빠.

크레이븐 [염려스럽게 그녀에게 몸을 돌리며] 오냐, 얘야.

줄리아 [눈물이 가득한 눈으로 올려다보고 그의 손에 키스하며] 그들의 말에

너무 신경 쓰지 마세요. 정말 그런 의도는 아니었죠, 아빠,

그렇죠?

크레이븐 아니다, 아니야, 얘야. 자. 울지 말거라.

파라모어 [차터리스에게, 기쁨에 차서 줄리아를 바라보며] 얼마나 아름다운지!

차터리스 [두 손을 들어올리며] 오, 주님의 은총이 함께 하길, 파라모어!

[그는 책장에서 떨어져, 불에서 가장 멀리 소파의 가장자리에 앉는다]

실비아가 도착한다.

실비아	[줄리아를 살피며] 또 우네! 글쎄 언니는 여성스러운 여자군!
크레이븐	언니 걱정 말아라, 실비아. 알다시피 언니는 울지 않을 수 없단다.
실비아	좋으라고 한 소리예요, 아빠. 언니가 우리 가족의 애기라는 걸 세상이 다 알게 할 순 없잖아요.
줄리아	곧 네 양 귀가 성하지 못하게 될 거야, 실리.
크레이븐	이런! 이런! 이런! 얘들아, 정말 이제! 자, 줄리아. 트랜필드 부인이 널 보기 전에 얼른 손수건을 꺼내 거라. 그녀가 조와 함께 오고 있어.
줄리아	[일어서며] 그 여자가 또!
실비아	또 난리야! 어디 해 보라고, 언니!
크레이븐	입 다물어라, 실비아. [명령하듯 줄리아를 향한다] 자 여기 봐라, 줄리아.
차터리스	이런! 아버지들의 반란이다!
크레이븐	조용히 하게, 차터리스. [줄리아에게, 찍소리 못하게] 어떤 여성이나 남성의 교양은 말다툼 할 때 드러난다. 누구든 사정이 좋을 땐 보기 좋은 행동을 하지. 오늘 너는, 그 부정한 클럽에서 넌 여성스런 여자가 아니라고, 말했지. 좋다. 신경 쓰지 않아. 하지만 트랜필드 부인이 이 방에 올 때 네가 숙녀답게 행동하지 않으려면 신사처럼 행동해야 할 거다. 그렇지 않으면 비록 내가 너를 좋아할 지라도, 네가 아들

이기를 바라는 것처럼 너를 딱 못 본 척하고 살 것이다.

파라모어 [항의하며] 크레이브 대령님ㅡ

크레이브 [말을 자르며] 바보처럼 굴지 말게, 파라모어

줄리아 [눈물을 흘리며 변명한다] 전 분명, 아빠ㅡ

크레이브 그만 훌쩍거려라. 난 지금 아빠로서 이야기하는 게 아니
다. 너의 지휘관으로서 이야기하는 거야.

실비아 오 멋진 빅토리아 십자 훈장이여! [크레이브이 날카롭게 그녀를
향한다. 그리고 그녀는 차터리스 뒤로 빨리 숨는다. 그리고 곧 소파에 앉아,
차터리스와 서로 반대 방향을 보면서 어깨를 마주 대고 있다]

커스버트슨이 그레이스와 같이 도착하는데, 그가 다른 사람들과 어울리는 동안
그녀는 문간에 서 있다.

크레이브 아, 조, 왔는가. 자, 파라모어. 소식을 전해야지.

파라모어 트랜필드 부인. 커스버트슨. 제 미래의 아내를 소개합니다.

커스버트슨 [파라모어와 악수를 하려고 앞으로 나오며] 진심으로 축하하네! 크레
이브 양. 내 축하뿐만 아니라 그레이스의 축하도 받기를
바라오.

크레이브 그럴 거야, 조. [지엄하게] 자, 줄리아.

줄리아가 천천히 일어선다.

커스버트슨 자, 그레이스. [그는 그레이스를 줄리아의 오른 쪽에 데려다 주고, 그들
을 바라보며 등을 불 쪽으로 향한 채 벽난로 앞 깔개 위에 자리한다. 한편 대

령은 다른 쪽을 주시한다]

그레이스   [줄리아에게 낮은 목소리로] 그가 없이도 해낼 수 있다는 걸 그
         에게 보여주었군! 이제 내가 말했던 모든 걸 취소하겠어
         요. 악수할까요? [줄리아는 얼굴을 돌린 채, 고통스럽게 그녀의 손을 내
         민다] 이것을 행복한 결말이라고 생각할 거야, 줄리아, 여기
         남자분들은. 우리의 귀한 분들과 주인들!

두 사람은 손을 잡고 말없이 서 있다.

실비아   [소파에 기대고, 차터리스에게 소리 낮춰] 정말 언니가 선생님을 버
         린 건가요? [그는 동의의 표시로 고개를 끄덕인다. 그녀는 의심에 차서
         그를 쳐다보며 덧붙인다] 전 선생님이 언니를 버린 줄 알았는데.

커스버트슨   자, 파라모어, 이 일로 차터리스가 이러쿵저러쿵해도 신경
         쓰지 말게. 그 자신도 비슷한 처지니까. 그는 그레이스와
         약혼했어.

줄리아   [그레이스의 손을 떨치고, 숨을 쉬지 못하고 화가 나서 말을 하면서, 그러나
         격렬하지는 않게] 다시!

차터리스   [서둘러 일어서며] 놀라지 마. 다 끝났어.

실비아   [분개하여 일어서며] 뭐라구요! 선생님은 그레이스도 또한 내
         팽개쳤군요! 부끄러운 줄 아세요! [그녀는 담배를 피우며 방의 다
         른 쪽으로 간다]

차터리스   [그녀를 따라가서, 그리고 그녀의 어깨에 손을 올리고 달래며] 이봐, 그

녀는 날 소유지하지 않을 거야. [모두에게 돌아서서] 트랜필드 부인이 다시 마음을 바꾸기 전에는 말입니다.

그레이스   아뇨. 우린 매우 좋은 친구로 남을 거예요. 하지만 결혼은 하지 않을 겁니다. [그녀는 벽난로 근처의 안락의자를 잡고 완전한 평정의 상태로 앉는다]

줄리아   아! [그녀는 큰 안도의 한숨을 내쉬며 소파에 앉는다]

실비아   [차터리스를 위로하며] 불쌍한 레오나드!

차터리스   그래. 이것이 바람둥이의 운명이지. 이젠 평생 바람둥이 노릇이나 해야 할 듯해. 가정도, 난로도, 귀여운 아이들도, 커스버트슨이 말한 어떤 것도 없이! 아무도 나랑 결혼하지 않을 거야ー실비아만 빼고, 실비아. 안 그래?

실비아   아닐 걸요, 차터리스.

차터리스   [모두에게] 보세요!

크레이븐   [차터리스와 실비아 사이로 들어서며] 이제 정말로 이런 일들을 조롱하지 말게. 맹세코, 자넨 해서는 안 돼, 차터리스.

커스버트슨   [벽난로 앞 깔개에 서서] 저 사람이 신성한 걸 가지고 할 수 있는 게 그걸 조롱하는 것뿐이라네. 그게 신질서지. 정말 다행이, 우린 구질서에 속하네, 댄!

차터리스   커스버트슨. 너무 상징적이신데요.

커스버트슨   [분개하며] 상징적! 그건 입센주의에 대한 고발이야. 무슨 소린가?

차터리스 구질서의 상징 말입니다. 선생님께서 구질서를 대표한다고 믿고 싶어 하시는 것 같아서요. 구질서란 결코 존재하지 않습니다.

크레이븐 나는 자네의 그 점에 전적으로 반대하고 조의 편에 서겠네. 내가 젊었을 때 현재 자네가 하는 식으로 행동하지 않았던 것은, 내가 카드에서 속이지 않은 것과 같네. 나는 구질서 소속이야.

차터리스 크레이븐, 늙어 가고 계시는군요. 그리고 그걸 자랑하고 싶어 하시죠, 흔한 일이지만.

크레이븐 자 이봐, 차터리스. 기분 상하지 않았길 바라네. [갑자기 회유적인 자세로] 글쎄, 아마도 내가 카드에서 속임수 얘기는 하지 말았어야 했네. 취소하겠네 [손을 내밀며]

차터리스 [크레이븐의 손을 잡으며] 전혀 기분 상하지 않았어요, 크레이븐. 전혀요. 성내려고 그런 게 아닙니다. 하지만 [소리 낮춰, 다른 사람들이 듣고 있나 주위를 둘러본 후] 단지 숙고하라! 경쟁자의 행복한 광경을! 그—

크레이븐 [큰 소리로, 단호하게] 차터리스. 이제 남자답게 행동해야 하네. 자네가 할 일은 정해졌네. [커스버트슨에게] 그렇지, 조?

커스버트슨 [단호히] 그럼, 댄

크레이븐 [차터리스에게] 바로 가서 줄리아를 축하해 주게. 신사처럼 웃으면서 말이야.

차터리스   대령님. 그러죠. 어떤 추호의 감정의 동요도 내색하지 않
            고서요.

크레이븐   줄리아. 차터리스가 아직 축하를 못했구나. 곧 할 거야.

줄리아가 일어나 위험한 시선을 차터리스의 얼굴에 보낸다.

실비아   [그가 나아가려고 하자 재빨리 차터리스의 뒤에서 속삭인다] 조심해요.
            언니가 선생님을 때릴 거예요. 난 언니를 알아요.

차터리스는 멈춰서 상황을 살피며 줄리아를 주의 깊게 본다. 그들은 한 동안
변함없이 서로를 쳐다본다. 그레이스가 가만히 일어나 줄리아에게로 다가간다.

차터리스   [실비아에게 그의 어깨 너머로 속삭이듯] 운수에 맞기지 뭐. [그는 줄
            리아에게 자신 있게 다가간다] 줄리아? [손을 내민다]

줄리아   [지쳐서, 손을 잡도록 허락하며] 맞아요. 난 가치 없는 여자예요.

차터리스   [승리감에 차서, 그리고 유쾌하게 항의하듯] 오, 왜?

줄리아   당신을 죽일 만한 용기가 없기 때문에.

그레이스   [그녀가 쓰러지자 그녀를 두 팔로 받으며, 거의 기절할 듯 그에게서 멀어지
            며] 오 안돼. 결코 바람둥이를 영웅으로 만들어서는.

차터리스는, 재미있어 하고 전혀 바뀌지 않은 상태로, 웃으면서 그의 머리를

흔든다. 나머지 사람들은 걱정과 심지어 약간의 두려움으로 줄리아를 바라본
다. 그리고 처음으로 쓰라린 슬픔의 존재를 느낀다.

역자 소개 _ 조용재

원광대학교 인문대학 영어영문학과 교수
한국영어영문학회, 한국셰익스피어학회, 한국현대영미드라마학회, 대한영어영문학회, 한국드라마학회,
국제 유진 오닐(Eugene O'Neill) 학회 회원
- 저서: 『드라마 총론』, 『영미문학과 동양 정신』, DRAMA
- 역서: 조지 버나드 쇼 『정쟁과 영웅』, 『워렌 부인의 직업』

바람둥이 *Philanderer*____

발행일•2010년 10월 25일
지은이•조지 버나드 쇼/옮긴이•조용재/발행인•이성모/발행처•도서출판 동인
서울시 종로구 명륜동 2가 237 아남주상복합빌딩 118호/등록•제1-1599호
TEL•(02)765-7145, 55/FAX•(02)765-7165/E-mail•dongin60@chol.com
HomePage•www.donginbook.co.kr

ISBN 978-89-5506-456-8

정 가 8,000원

※ 잘못 만들어진 책은 교환해드립니다.